轉生後的我成了英雄爸爸和精靈媽媽的女兒 7

作者／松浦
插畫／keepout

Kadokawa Fantastic Nov

彩頁、內文插圖／keepout

艾倫
主角，元素精靈。外表是小孩，內心是大人（自認為！）。

奧莉珍
艾倫的母親，精靈女王。天真開朗，身材火辣的超絕美人。

羅威爾
艾倫的父親，前英雄。溺愛妻子奧莉珍和女兒艾倫。

凡
風之精靈，敏特的兒子。和凱締結契約。

奧絲圖
好戰的精靈，也是靈牙的統領。凡的母親。

雙女神
奧莉珍的姊姊，雙胞胎。分別是洞悉一切的女神沃爾，和斷罪女神華爾。

索沃爾・凡克萊福特
羅威爾的胞弟。公爵世家凡克萊福特家當家。騎士團團長。

拉菲莉亞・凡克萊福特
索沃爾和艾莉雅的獨生女。見習騎士。

凱
艾伯特的兒子。受命擔任艾倫的護衛。

拉比西耶爾・拉爾・汀巴爾
汀巴爾國的國王。艾倫說他「腹黑」。過去曾慘敗在艾倫手下。

賈迪爾・拉爾・汀巴爾
汀巴爾王國的王太子。個性認真，態度溫和。

艾齊兒
拉比西耶爾的妹妹。和索沃爾離婚後，回到王室。

艾米爾
艾齊兒的女兒。前往海格納國交換留學，目前滯留在當地。

海格納・羅雷・杜蘭
海格納國的國王。把汀巴爾國當成眼中釘。

尤伊
海格納國的鐵匠。家人在過去慘遭殺害。

提茲
海格納國的鐵匠。是尤伊的護衛，和他一起生活。

人物介紹
character

序章

自從知道精靈女王奧莉珍懷孕，時間很快過去半年。

平常總是安穩座落在原地的精靈城，現在被包覆在穩固的結界中，散發出一股嚴肅的氣息。

這個結界是為了防止女神懷孕害喜時，危害到周遭而設。

其實也要依結婚對象的力量而定，不過力量在大精靈以上的精靈一旦懷孕，其子通常也擁有龐大的力量。

因此母體的力量會和胎兒的力量互相碰撞，產生衝擊波，將周遭事物破壞殆盡。

這就是人類所說的「害喜」現象。

有些衝擊波不會影響母體，但也有反過來傷害母體的情況。若是如此，就必須在平安生產下來前，進行封印胎兒力量的儀式。

以奧莉珍的情況來說，雖然跟懷艾倫時一樣，對母體沒有影響，對周遭的損害卻同樣非比尋常。

所以結界以城堡為中心，設下了好幾層，同時更對奧莉珍本人張設結界。

隨著腹中的胎兒長大，釋放衝擊波的次數也已經減少，但威力卻增強了。為了保護結界完整，奧莉珍身邊隨時都有精靈隨侍在側。

倘若夫妻彼此同為大精靈，因為雙方力量過於強大，有著難以受孕的通則。

因此大精靈之間產生的孩子極端稀少。艾倫出生時，同世代的孩子之所以只有凡一個，也是基於這個理由。

經由奧莉珍懷孕出生的孩子跟賦予力量降生的精靈們不同，出生方式和艾倫相同，所以不知道會發生什麼事。

只不過這次並未經過女神的挑選，奧莉珍已經告知眾人，即將出世的孩子並非女神。儘管如此，奧莉珍的力量太過強大，每天都很有精神地破壞周遭。

但大概是因為懷艾倫那時更誇張，經歷過那段時期的精靈們只是從頭到尾笑著說：「真是個了不得的孩子。」反倒是第一次遇上的艾倫直叫著：「這樣還不嚴重？」而驚愕不已。

每當眾人談論起這件事，都會把艾倫的出生祕辛拿出來講一回，惹得艾倫不曉得道過幾次歉了。

不過只要等到孕期進入六個月，奧莉珍的害喜症狀也會漸趨穩定……眾人都這麼想。

「哇啊啊～～肚子又比昨天更大一點了，真可愛啊～～！……唔咕！」

不知道為什麼，最近只要羅威爾一臉傻笑靠近腹中的孩子，就會罕見發出衝擊波。

當羅威爾低沉的呻吟突然響徹屋內，艾倫不禁嚇得抖動雙肩。儘管她下一秒就覺得「又

來了」，這種事還是很傷心臟。

羅威爾痛得蹲在地上，庫立侖馬上從他的身後出現，伸出手，熟稔地開始治療。

見奧莉珍的腹部日漸隆起，羅威爾實在窩心得不得了，所以總想親吻奧莉珍的肚子，結果自己的腹部卻結實吃了一記衝擊波。

「哎呀哎呀，今天比平常還要激動耶。看到羅威爾來疼愛，寶寶一定是很高興～」

「真的嗎！我是很高興啦，可是我太大意了，衣服都破破爛爛了！」

為了自保，羅威爾也對自己和艾倫設下有別於奧莉珍的結界。

即使如此，威力日漸強勁的衝擊波，還是會偶爾貫穿他的結界。

但很神奇的是，就算艾倫靠近，也不會被衝擊波攻擊。最近甚至只要艾倫對寶寶說話，就能感覺到一股柔和、溫暖的力量，然而就只有羅威爾總是遍體鱗傷。

（……還是別說吧。）

此時艾倫已經察覺，或許是因為羅威爾成天煩人，已經被寶寶討厭了。

＊

在這樣稀鬆平常的生活當中，某天當他們圍在一起吃早餐的時候，自從懷孕後，食慾就大增的奧莉珍一如往常地央求要吃甜點。

「我接下來想吃甜點～～！」

「媽媽，妳就這樣全往嘴裡塞，不難受嗎……？」

「沒問題啦！」

「我在助產院是有聽說害喜緩和後，食慾就會增加，不過這跟懷艾倫的時候不一樣耶。」

「也對。為什麼呀？」

羅威爾這麼一說，倒讓奧莉珍仰望天花板，不解地回想著。看來連她也不是很清楚。

「懷我的時候，甜點……」

「的確沒吃。說起來，我那個時候遠離人界，根本沒有甜點這種東西能吃。」

「懷妳的時候，只有水果可以吃喲。羅威爾以前是有送過點心給我，但不是像妳做的這種好吃甜點！」

奧莉珍就像機不可失一樣，極力主張艾倫的甜點很好吃。

「與其說是我做的，其實是主廚們努力做出來的甜點喔。」

艾倫只是負責從轉生前的記憶中，回想模糊的製作方法。

艾倫在轉生前，身邊有很多會下廚的人，所以常常一邊幫忙洗東西，一邊看著料理完成。

「我根本不知道材料要用多少，所以真的覺得聽了我這種粗略的描述就做出點心的主廚

們好厲害。」

正因艾倫擁有之前身為研究者的記憶，才更了解主廚他們的探究精神和熱情。她知道，在多次多方嘗試後，終於完成的喜悅，是一份無可替代的感受。

主廚們付出努力與知識，從模糊不清的情報做出成品，艾倫為表敬意，是睜著發亮的雙眼，不斷誇讚他們。

不過羅威爾知道，主廚們是喜歡被艾倫誇獎，為了下次再被誇獎，才會努力製作。

「不對，艾倫妳是起頭的人，所以就是妳的甜點喔。而且還有很多衍生出來的東西吧？」

在魔物風暴之後，汀巴爾有許多人犧牲了生命，因此一直處於人手不足的狀態，花了漫長的時間來復興。

人手一旦不足，自然也影響小麥收成減少。這麼一來，為了拿去製成麵包這一主食，會變得比其他國家更沒有餘力製作甜點。

在這樣的情況下，艾倫在凡克萊福特領推廣的小麥和甜菜的收成量連年遞增，也有餘力累積庫存了。

這幾年，這些多的小麥都用在艾倫提議的各種料理上。

比如包裹燉煮肉類或蔬菜的派皮，或是把燉煮甜菜和水果後製成的果醬揉入麵團的麵包。這些創意如今已經開枝散葉，職人們都致力於開發新的麵包和甜點。

「我……我一開始是希望做些病患方便進食的東西啊……」

沒錯，一切都是為了幫助經營陷入困境的凡克萊福特，也是為了治療院的患者提供的食物，結果卻一路躍進到今天這個地步。

不久前的艾倫也沒料到事情居然會發展成這樣。

或許是因為話題提到了治療院，羅威爾彷彿回想起什麼事，直接改變話題。

「噢，對了。索沃爾說，他有事業上的問題想問。我們晚一點就去露個臉吧。」

「好！」

「那我等你們帶土產回來喲！」

奧莉珍知道機會來了，整張臉熠熠生輝。她的手上早已拿著餅乾，正津津有味地享用。

（她什麼時候！）

艾倫一邊苦笑，一邊也不忘提醒她要節制。

「媽媽，聽說體重快速增加，會造成寶寶的負擔，所以妳要適可而止喔。」

「不要～呀！我、我胖了嗎！」

奧莉珍倉皇地問道，艾倫和羅威爾這才不禁看著奧莉珍，然後困惑地歪頭。

「肚子是大起來了……可是不算胖啊。」

「是啊。對我來說，妳一樣是我心愛的奧莉，我一點都不在意啦，不過如果會對肚子裡的孩子造成負擔……嗯？」

話還沒說完，羅威爾似乎覺得事有蹊蹺，瞇著眼睛，直盯奧莉珍的肚子。

「爸爸，怎麼了嗎？」

「我現在才發現，我承受的衝擊波，好像越來越強了……」

「咦？」

「有時候還會突破結界，讓我捏把冷汗……這該不會是？」

那已經不是害喜，而是刻意針對羅威爾施放的攻擊了吧。

「是……是因為寶寶長大了，力量也變強了啦！所以媽媽才會覺得肚子餓吧？」

「一定是這樣！那我可以多吃點甜點了吧！」

「慢……慢著慢著！要是再繼續變強，我不就不能靠近了嗎！」

羅威爾慌張地說著，奧莉珍卻直接丟下一顆炸彈。

「哎呀，跟艾倫一起的話，就一定不要緊喲。」

「……啥？」

「…………」

「因為寶寶只會對你發出衝擊波呀。呵呵呵。」

「艾倫的叛逆期是在兩歲的時候，這孩子真是早熟耶～～！」

唉，她說出來了……艾倫的臉色整個鐵青。

艾倫本身在兩歲的時候，因為厭惡羅威爾纏著她疼愛不放，就這麼學會轉移。現在跟當時的情形如出一轍。

「……………什麼啦！」

羅威爾整整花了十秒才理解那句話的意思，趴在桌上不斷啜泣。

這是一家人發現尚未出世的孩子已經進入叛逆期的熱鬧早晨。

第四十九話　來自國王的書信

艾倫和羅威爾在吃過早餐後，馬上如剛才所說的，前往凡克萊福特宅邸。

後來奧莉珍完全沒有安慰沮喪的羅威爾，而是持續沉浸在甜點中。艾倫見羅威爾哀怨地看著奧莉珍，只覺父親可憐，於是催促他趕快前往索沃爾那裡。

消沉的羅威爾抱著艾倫，不斷磨蹭她的頭。

「嗚嗚……叛逆期這麼早，我好傷心……」

「說不定只是寶寶剛好在睡覺，爸爸你把人家吵醒了啊。」

艾倫安慰羅威爾，說寶寶搞不好只是在鬧脾氣，羅威爾聽了也覺得有點道理，接受了她的說詞。

「寶寶在肚子裡的期間，都在睡覺嗎？」

「咦……經爸爸這麼一問，我也不知道耶。」

兩人歪著頭思考，此時前來迎接他們的羅倫見狀，也跟著歪頭。

「歡迎二位大駕光臨……請問怎麼了嗎？」

「早安，爺爺！」

「呵呵呵，艾倫小姐今天也很有朝氣啊。」

「羅倫，在肚子裡的孩子，一直都在睡覺嗎？」

見羅威爾突然一臉認真問問題，羅倫的笑容整個凍結，僵在原地不動。看來是在花時間理解這個問題。

艾倫大略說明事情原委後，羅倫聽完也發出思索聲，無法倚老賣老說他知道。

「不過出生之後才會睜開眼睛，所以應該是一直處在睡眠狀態吧？」

「啊！你這麼說也對！」

「睡覺的時候，有個很吵的人來，所以寶寶才會鬧脾氣……原來如此。」

「很吵的人？」

羅威爾聽了艾倫的話，大受打擊。

或許只是碰巧遇上一連串錯誤的時機，寶寶才會釋出反應吧。

艾倫等人就這麼聊著這個話題，往索沃爾的勤務室前進，這時候羅倫笑著說：「果然是兄弟。」

「其實上次老爺的孩子踢了夫人的肚子一腳，老爺那時候正好把耳朵貼在夫人的肚子上，他嚇到的模樣實在非常有趣。」

和索沃爾結婚的莉莉安娜正好跟奧莉珍在同一個時期發現懷孕。

索沃爾也跟羅威爾一樣，整天傻笑，而且還在剛剛好的時間點，突然受到踢肚子這種類

似衝擊波的驚嚇。
聽說索沃爾嚇得整個人往後仰，後腦杓因此撞出一個包。
「什麼嘛，索沃爾的膽子真小。」
羅威爾把自己放在一邊，恣意笑著索沃爾。艾倫見狀，說道：
「感覺好像今早在哪裡看到的景象呢！」
「艾倫！不可以把我跟他相提並論喔！破壞力不一樣！那孩子會打破我的結界耶！」
「呵呵呵，那可真是厲害。未來可期啊！」
「寶寶好像只對針對爸爸攻擊。一定是個聰明的孩子！」
「居然嗎！」
羅威爾似乎回想起今早的事了，淚眼婆娑地從背後用臉頰磨蹭艾倫的後腦勺。
「原來半年就會感覺到胎動了，我學到好多。」
「就是啊。爺爺我還聽說，媽媽都知道寶寶在打嗝呢。哎呀，我們男人只知道慌張，以前都不知道這些事。多虧艾倫小姐建立的助產院，對丈夫育兒有很大的幫助，大家都很讚賞。」
如果是貴族，更會這麼想吧。加上父系社會歷史的影響，有很多人會抗拒男性幫忙育兒這件事。
不過他們最近會半強制前來看診的夫妻接受育兒教室的講座，不久之後，這樣的觀念就會為大眾所知了吧。

（只有這件事是根深柢固的問題……）

羅威爾和索沃爾已經代表貴族，率先參與助產院的講習。

汀巴爾有很多人因為魔物風暴犧牲生命。提升出生率對國家來說，也是個重要的議題，貴族更必須身先士卒當榜樣。

而且公開索沃爾的夫人懷孕的消息後，也出現了一陣嬰兒潮。

（原來王族或貴族一有子嗣，就會出現嬰兒潮是真的啊。）

艾倫聽說，在治療院或助產院跟索沃爾說「我們家也有孩子了～」的人變多了。

索沃爾的夫人出身市井也是原因之一，因此不只貴族，市井小民也覺得自己的孩子或許會是其子嗣的結婚候選人。

不過索沃爾遲鈍的神經依舊照常發揮，他覺得眾人只是想分享有孩子的喜悅，並沒有多談。這讓羅倫是一陣苦笑。

因為這件事，汀巴爾的王太子賈迪爾也會前來凡克萊福特領，學習治療院的現狀，以及生產是一件多麼浩大的工程。女性們聽聞這個消息，對賈迪爾的印象是不斷加分。

一旦聽說國家的王太子頻繁前來視察治療院，還學習助產院有多麼重要，理所當然會傳出這位王太子以民為先，對女性和小孩也很好的傳言。

這麼一來，自然會受女性們歡迎。

（……唔……）

艾倫想起當時的事，不知道為什麼，內心浮現一股不悅。

（奇怪？）

為什麼賈迪爾的事一掠過腦海，就突然覺得一陣不悅呢？艾倫歪著頭，對自己感到不解。

一想像賈迪爾對周遭的人展現平常對著自己的笑容，不知道為什麼，就是很不高興。

（……多心！是我多心了！）

艾倫搖了搖頭，想把賈迪爾的笑容逐出腦海，但因為被羅威爾抱著，頭髮直接甩在羅威爾臉上。

「啊！爸爸，對不起！」

「嗚嗚……連妳都進入叛逆期了嗎！嗚嗚嗚嗚！」

「我這不是叛逆期，不過我希望你讓孩子獨立，所以該放我下去了。」

「不要啊啊啊啊啊啊啊啊啊！我要永遠抱著艾倫啊啊啊！」

「唔咕嗚嗚嗚！」

羅威爾展現出「妳休想跑」的意念，緊緊抱著艾倫，幾乎要把人壓扁了。

「討厭～～！我覺得跟我比起來，爸爸你還比較像進入叛逆期了！」

「呵呵呵呵呵！」

見艾倫他們一來一往，路過的女僕們都被逗得笑了起來。

而索沃爾似乎是聽見他們吵吵鬧鬧的聲音，主動打開勤務室的門現身。

「叔叔，早安！」

「嗯，早啊，艾倫。你們一大早就這麼熱鬧。」

索沃爾苦笑之後，又回到勤務室。就在艾倫他們也要跟著進入勤務室時，她看見拉菲莉亞從走廊另一頭跑過來。

拉菲莉亞與艾倫四目相交，笑容滿面地揮手致意。

「艾倫、伯伯！你們來啦！」

「拉菲莉亞！」

艾倫馬上從羅威爾的臂彎往下跳。她張開雙手在原地等候，拉菲莉亞於是抱緊她，將她抬起。艾倫的體重很輕，拉菲莉亞就這麼抱著她，往右轉了一圈。

轉圈後，拉菲莉亞放下艾倫，兩人開心地相視而笑。這是她們兩人最近流行的打招呼方式。

「艾倫，妳要來的話，要先說一聲啊！」

「對……對不起喔。我姑且是有差人聯絡，可是我們來得太快了。」

艾倫姑且有請凡透過凱先行告知，卻在拉菲莉亞接獲消息前，人就抵達了。

拉菲莉亞等一下必須前往訓練場。她聽說艾倫他們來了，才急急忙忙趕來，避免雙方錯

過。

「你們接下來要跟爸爸他們談事情的話，下午可以一起玩嗎？我下午有空。」

「嗯，可以喔！」

「太好了！那我們晚點見！」

「嗯！訓練加油喔。」

拉菲莉亞本想跑步離開，卻發現羅倫的目光雪亮地盯著她，不禁有些慌張。

她馬上像教科書那樣挺直腰桿，優雅地對著羅威爾行淑女禮，然後離開。離開的時候，還走得很端正。

艾倫看到如此轉變，不禁噴笑。

當拉菲莉亞拐個彎，消失在轉角的瞬間，朝艾倫眨了眨眼，然後大聲發出「躂躂躂躂躂！」的跑步聲離去。

「那個野丫頭是故意發出腳步聲的吧。」

「小姐變得跟從前的老爺和少爺一樣，實在讓人傷腦筋。」

「喂。」

羅威爾用力瞪了羅倫一眼，羅倫卻是「呵呵呵」地笑著。

「爸爸以前很讓人傷腦筋嗎？」

「我有嗎……？」

兩人一邊說著，一邊進入勤務室，已經在裡面等待的索沃爾，則是面帶苦笑，自行沖著茶。

索沃爾大概是聽到走廊嘈雜的聲音了，開始訴說一段回憶。

「大哥實在太執著他愛用的那條被子，我還記得他甚至帶去遠征。羅倫本想說服他，結果他說交給大嫂就沒問題了，實在讓人傷透腦筋。」

「喂，別拿出這種讓人懷念的話題。我當時只是覺得，只要叫奧莉幫我拿來，就不會多一件行李，應該沒問題。」

「但我聽說後來妖豔的大嫂突然在要就寢的時間出現，引起一陣混亂，鬧得不小。」

「啊？誰說的？」

「穆斯可教官。他還兜圈子試探我有沒有跟精靈締結契約。」

穆斯可教官是在學院內騎士科執教鞭的人。當索沃爾知道問題來源是自己的哥哥，到現在還忘不了那份羞愧。

「原來爸爸以前還做那種事啊……」

「要是真的帶去遠征，回來一定會弄得破破爛爛，我後來心不甘情不願地放在家裡了啦……」

「我想問題不在這裡。」

艾倫傻眼地對羅威爾說道。

「都怪大哥，後來規定多出一條禁止事項，『集體行動時，不能隨意召喚精靈』。好懷念啊。」

「就算這樣，我還是想像得出來，爸爸照舊帶去。」

「大哥，你已經被看穿了。」

「的確是有過這種事。」

艾倫這才想起，以前曾聽伊莎貝拉提過。

羅威爾很喜歡一條從小愛用的被子，要是沒有它，晚上便會睡不著。

後來那條被子舊了，伊莎貝拉才將之改製成枕頭套，如今那顆枕頭是艾倫的最愛。

「原來爸爸給我的枕頭，是用被子做成的，而且還有這麼一段回憶啊～」

「……我有給妳嗎？我只記得是妳搶走的。」

「哎呀，那顆枕頭現在是艾倫小姐在用嗎？」

這件事實在出乎意料，羅倫很是吃驚。索沃爾似乎也沒想到艾倫會喜歡。

「我不會還你喔！」

「咦～～？不然之後午睡一起用吧？」

「呵呵呵，兩位的感情真的很好。」

「哼哼哼，對吧？」

那顆枕頭的前身不愧是被子，尺寸比普通枕頭還大。所以如今已經變成羅威爾和艾倫一起午睡時的愛用品。

奧莉珍見狀，總是嘻嘻笑著，替他們蓋上被子。

聽完這件令人欣慰的話後，羅倫突然想起一件事。

「對了，艾倫小姐整個人埋在凡大人的毛裡享受的模樣，跟羅威爾大人小時候一模一樣啊。」

聽見這句話，所有人的視線都集中在艾倫身上。

「……果然是父女。」

索沃爾只覺不可思議地說著。就像那條被子對羅威爾來說，是一條讓他安心的毛毯，凡的毛或許也是這樣吧。

（凡的毛……？）

「咦～～？」

但對純粹熱愛揉毛的艾倫來說，卻有些無法接受。

羅威爾一聽到艾倫發出不滿的聲音，直接解釋成「別人把她跟羅威爾相提並論，讓她很是不滿」，因此發出慘叫。

「為什麼要一臉嫌棄！」

見羅威爾大受打擊，羅倫和索沃爾都笑了。

之後，當眾人打算開始協商工作上的事時，索沃爾首先遞出一封信，要羅威爾和艾倫先看看。

*

「這是陛下託我轉交的信件。」

當艾倫和羅威爾看到信封上的封蠟，表情同時扭曲。每次帶來麻煩的都是信件。他們有預感，這次也一樣。

看他們兩個人的表情實在太相似，索沃爾忍不住苦笑。

「詳細情形信裡也有說明。大哥，你還記得艾齊兒的女兒嗎？」

「不知道。」

羅威爾如此快速而且冷淡地回答，索沃爾只能嘆氣說著：「我想也是……」

「艾齊兒和她的女兒現在下落不明。陛下說她們可能叛國，行不義之舉。」

索沃爾說完，艾倫這才想起來。艾齊兒對羅威爾非常執著。說不定……艾倫立刻察覺她們會針對羅威爾，因此看向他。

羅威爾也是一臉嚴肅，但索沃爾卻看著艾倫說：「不只大哥。」

「什麼意思？」

「海格納很可能在幫助她們。根據陛下的推測，他認為大哥和艾倫都被盯上了……」

艾倫和羅威爾聽了，面面相覷。

第五十話　危險的鄰國

索沃爾將信件交給羅威爾他們三天後，他認為這件事必須儘速協商，因此拜託近衛讓他謁見。

儘管已經提前約好時間，一個人在接待室等待回覆還是讓他靜不下來。

索沃爾聽近衛說，拉比西耶爾的上一個工作耽誤了，心想大概會花上一段時間，所以坐在室內的沙發上，嘆了一口大氣。

回想起幾年前，拉菲莉亞被王室的一封信叫出去，結果被捲入綁架事件，之後索沃爾就很怕接到拉比西耶爾的信。

發生那件事後，哪怕只是一封下達指令的信件，他都覺得可怕。儘管那讓他覺得腦袋一陣鈍痛，還是努力不表現出來。

但出乎他的意料，近衛很快就來傳遞「可以謁見」的消息。

面對這樣及時的應對，索沃爾在訝異之中急忙起身，繃緊了神經。

「陛下，屬下帶索沃爾閣下前來了。」

「進來吧。」

拉比西耶爾的聲音從門的另一邊傳來。站在門兩側待命的近衛，緩緩打開往兩側展開的門。索沃爾就這麼入內，行了禮後，拉比西耶爾表示，室內的近衛們也會在場。

「好的。」

氣氛已經非常緊張。拉比西耶爾接著吩咐索沃爾呼喚羅威爾他們過來。

「大哥，艾倫，請你們過來吧。」

索沃爾說完，上空中央便開始發光，一道魔法陣也突然出現。羅威爾和艾倫就這麼手牽著手，轉移出現。

兩人從天而降，首先俐落地行了一禮。

「好久不見，陛下。」

「是啊。」

拉比西耶爾點頭，笑著回應艾倫的問好。羅威爾倒是和以前一樣，那副不情願的模樣完全表露無遺。

「艾倫，好久不見……妳還是沒變。」

拉比西耶爾看著艾倫的模樣，有些寂寥地說著。面對這樣的態度，艾倫什麼話都沒說。

艾倫和拉比西耶爾上次見面，是學院騷動時了。從那件事之後，已經快過去兩年。

艾倫照理說要十四歲了，但外表還是維持八歲第一次見面時那樣，看不出有所成長。這件事艾倫自己最清楚。

拉比西耶爾接著移動視線，從艾倫轉移到羅威爾身上。羅威爾也沒有任何成長。羅威爾自從發生魔物風暴的十七歲那年開始，就沒有任何變化，所以拉比西耶爾非常清楚他們確實異於常人。這讓他重新體認到，他們兩人果然是精靈。

而且羅威爾的樣貌跟今年已滿十八歲的賈迪爾相較之下，幾乎感受不到年齡差距。拉比西耶爾的目光因此拉向遠處。

但那也只維持了一瞬間，拉比西耶爾馬上請羅威爾他們坐下，自己也坐在對面的位子。

「我已經叫賈迪爾來了，再稍待片刻。」

「殿下也要在場嗎？」

面對羅威爾的疑問，拉比西耶爾給予肯定的回答：

「索沃爾、賈迪爾，還有我的弟弟會負責這邊的指揮。雖說是那女人的女兒，姑且也是王族。」

艾倫一聽到「那女人的女兒」，馬上就知道他在說艾米爾。聽說她下落不明，但王族明明被人盯上，還要王太子負責指揮，艾倫總覺得有點不對勁。

（感覺……只有一股很不祥的預感……）

拉比西耶爾的弟弟叫奧耶爾，主要負責外交關係。為了從旁學習外交相關的工作，賈迪爾才會一同在場。

這是教育的一環，是為了讓身為王太子的賈迪爾學會應付各種場面。

（真辛苦……）

艾倫也有身為精靈公主的身分，不過精靈界的環境平時都很祥和，所以從未遇上這樣的場面。

艾倫只記得雙女神偶爾會因為學院的事或是亞克的工作，要求一同在場。

（啊，不對，那樣也很不得了……）

雙女神也與艾倫的女神之力開花結果有關，如今她可以明白那些事都是為了教育自己，但她也不得不佩服自己竟然有辦法解決。

（賈迪爾……）

而這時，賈迪爾的笑容再度閃過艾倫的腦海。

賈迪爾最近無關商討事業，總是頻繁出入凡克萊福特領。

剛開始，領地傳出的確實都是賈迪爾評價提高的傳言，但他實在過於頻繁來到凡克萊福特領，現在傳言已經變成賈迪爾的心上人在領地裡，艾倫也在三天前聽說了。

那天艾倫他們接到拉比西耶爾的來信後，前往領地的治療院時，這件八卦正在瘋傳。

而賈迪爾確實比跟艾倫商討事業時，更頻繁進出領地，所以艾倫猜想，或許真的是這種理由。

（…………呣呣……）

拉比西耶爾察覺艾倫一臉彆扭，驚訝地發出一聲「哎呀」。

「妳還是不知道怎麼跟賈迪爾相處嗎？可是我聽說你們的共同事業進行得很順利啊。」

「咦？」

艾倫不知道自己露出了什麼樣的表情。一回過神來，才發現羅威爾、索沃爾，還有拉比西耶爾都看著自己。

室內的氣氛原本還很緊繃，現在卻因為這件出乎意料的事，已經煙消雲散。

「艾倫不知道怎麼跟殿下相處？」

「這是我聽說的。我還以為你們的感情已經融洽到會送禮物給他了，是我想錯了嗎？」

「呃……啊，那是……」

「等一下。妳給了殿下什麼！」

艾倫之前外出調查時，發現了一塊精靈經加工後，封印於其中的巨大黝簾石。而她把那塊石頭送給賈迪爾了。羅威爾當時不在場，所以並不知情。

（我沒說過嗎……？）

追根究柢，羅威爾也沒有一同前往調查。所以或許其他人也覺得沒有必要告知。精靈們有種習慣，既然沒人問，就沒有必要開口。

「妳送了什麼東西！應該說，你們什麼時候變成會送禮的關係了！」

「那……那算是一點小費……」

「小費？」

「還是應該說賄賂……」

「賄賂！」

「真沒想到這個詞會從艾倫嘴裡蹦出來……」

羅威爾一臉訝異，索沃爾則是無言以對。至於呵呵笑得不停的拉比西耶爾，想必已經實際看過那塊黝簾石了。

那塊黝簾石有精靈被封印其中，而且尺寸大到用手捧著，會超出手掌範圍。正因為汀巴爾王族無法靠近精靈，任誰見到那塊精靈沉眠其中的黝簾石都感動不已。

如今黝簾石被施加了一些工序，嚴正保管在連接王族私室的穿堂中央，當成鎮守汀巴爾王室的寶物。

據說穿堂早晚因此成了新的祈禱場，由賈迪爾、拉蘇耶爾和希爾獻上禱告。

（感覺待遇變得好誇張！）

哪像奧絲圖把它當成裝飾品看待。俗話說，東西的價值取決於持有者，艾倫這下當場體會到了。

「把那東西當成小費或賄賂，都太離譜了。都可以蓋一座城了。」

「妳到底送了什麼啊！」

「呃……就是大概這麼大的寶石原石。算是魔物風暴的副產物……」

艾倫雙手比劃，告知大小後，羅威爾和索沃爾都愣在原地。

「好大！」

「說實話，我正煩惱不知道該拿它怎麼辦，想說送人也無所謂。就算我拿著，也只會淪為房間的裝飾品……」

「有妳這麼隨便的嗎！」

羅威爾的吐槽清楚地響徹室內。

既然那塊寶石原石那麼大，如果是普通的貴族，確實會加工之後獻給王族。

見艾倫態度如此，拉比西耶爾似乎發現什麼了。

「如果用喜歡或討厭來說，既然妳送了這麼不得了的東西，我可以解讀成妳對犬子多少有些好感嗎？」

「咦……？」

那禮物明明是希望賈迪爾往後也能多行點方便，才送給他的，為什麼會扯到這方面呢？

「當然是討厭了！對吧！」

羅威爾從旁插嘴。對此，索沃爾無奈地說：「那是大哥你吧。」

「我送他的時候，拜託他往後通融一點，所以真的就是賄賂的感覺。」

（嗯～可是硬要說的話，也是啦……）

如果艾倫真的討厭賈迪爾，就會像艾莉雅那時一樣，徹底厭惡雙方有所往來。

現在兩人會一起聊天，對艾倫來說，她也知道賈迪爾不是壞人。

別說壞了，賈迪爾對艾倫非常誠摯。從前孩子特有的莽撞行為已經消失，如今應對進退都很成熟。

如果沒有王室的詛咒，賈迪爾具有領袖魅力，會吸引人群。像現在在凡克萊福特領也很受歡迎。

（唔……）

艾倫腦中再度浮現賈迪爾的笑臉，她也再度一臉不悅。所有見證這一瞬間的人們，都是一陣驚訝。

「艾倫，那傢伙對你做了什麼嗎！」

「爸……爸爸你在說什麼啊？人家什麼都沒做啊。」

「不對，妳居然會露出這種表情，一定是他做了什麼……！」

「我的表情？」

艾倫沒有自覺，一邊拍打觸摸自己的臉，一邊覺得困惑不已。但當索沃爾指出，她的腮幫子都鼓起來時，艾倫整個人僵在原地。

（我的確是有點嘟嘴啦……）

每當賈迪爾的笑臉掠過腦海，自己就會嘟嘴，即使別人指出來，艾倫也想不通。

「咦？為什麼……？」

「這是我要問的。艾倫，妳跟殿下商討事業時，是不是發生什麼事了？」

索沃爾一臉擔憂地詢問，所以艾倫也只能斷斷續續地解釋：

「我想想……啊，可能是因為……我聽見一些流言。」

「殿下的流言？」

「犬子的流言嗎？那我非聽不可了。」

見拉比西耶爾興致勃勃，艾倫這才驚覺事情不妙。王族的流言本來就不是可以原原本本說出來的話題。

但眾人不顧艾倫心中的顧慮，也因為大家都知道賈迪爾正往這裡走來，所以催促艾倫快點說。

「呃……我聽說殿下常常造訪凡克萊福特領……」

實在非常難以啟齒。儘管艾倫不知該如何是好，還是戰戰兢兢地開口。拉比西耶爾一聽，心裡也有個底，發出了然於心的聲音。

「因為我把改定治療師和治療院制度的工作交給賈迪爾了。他想學習凡克萊福特領的做法，所以才頻繁前往吧。」

「咦……是這樣嗎？」

艾倫訝異地眨了眨眼。她這才發現自己盲目聽信本就會不斷變質的八卦，完全沒去思考賈迪爾的狀況。

（原來賈迪爾之所以頻繁出入治療院，是為了學習啊。）

關於治療院的改革，艾倫他們也還在多方嘗試當中。識別急救的推廣、處方藥物、患者能力所及的工作斡旋……等等，非常多樣。

原來不是為了他和艾倫的事業，而是身為王太子，頻繁前往治療院。

（這樣啊……原來賈迪爾也在努力。）

那些八卦大概只是人民把純粹的臆測當成玩笑話說出來的吧。

見艾倫突然笑嘻嘻的，羅威爾等人不禁倉皇失措。

「……所以是什麼流言？」

「呃……就是……大家好像把他來治療院的理由當成一件有趣的八卦……」

光是這樣一句話，所有人都聽懂了。拉比西耶爾更是「噗嗤」一聲。

艾倫知道自己竟然跟領民一樣誤會了賈迪爾，不禁愧疚地低頭。

畢竟是在自己領地發生的事，索沃爾低頭道了歉。

然而拉比西耶爾並不是會就此罷手的男人。他不懷好意地笑著追問艾倫：

「與其說妳聽了犬子的八卦鬧彆扭，應該是妳釐清了自己對賈迪爾的看法吧？是因為妳知道，他可能是去見妳的嗎？」

「咦……？」

拉比西耶爾似乎很想知道艾倫為什麼會對賈迪爾的事一臉不悅。被人點出這點，艾倫眨了眨眼睛。

她不悅的情緒的確是針對賈迪爾。

（可是我為什麼會對賈迪爾不高興啊……？）

艾倫不發一語，發出不解的聲音，並緩緩歪過頭。不過一旁的羅威爾根本不顧艾倫心中的困惑，撕牙咧嘴地發出吼聲。

「治療院裡有很多精靈治療師，要是有個被詛咒的人在那裡亂晃，任誰都會坐立不安吧！」

「嗯……可是我聽說賈迪爾都會乖乖在事前告知啊……而且現在的重點是，艾倫對前往治療院的犬子的態度。分明不想跟犬子有任何瓜葛，卻送了一個照理來說不可能送的東西。我很難把艾倫鬧彆扭的理由都歸咎在詛咒上。」

拉比西耶爾和羅威爾的戰火隔著一張桌子瞬間爆發，彷彿有火花在兩人之間激盪。

索沃爾和近衛們都急忙想阻止，但拉比西耶爾看起來是樂在其中，讓人不知道該不該阻止，只能戰戰兢兢地站在原地。

「艾倫是隻呆頭鵝，保持現在這樣就好了！」

「咦？怎麼突然開始說我的壞話？」

「這是正面的壞話！妳要永遠保持這樣喔！」

「……爸爸，我們外面借一步說話。」

「借……！妳從哪裡學會這種說話方式啊！」

艾倫的遣詞用字讓羅威爾大受打擊，這時近衛正好來報。

「打擾各位談話了，賈迪爾殿下到了。」

「好，讓他進來。」

羅威爾等人迅速站起身子，一起對行禮後走進來的賈迪爾鞠躬。

「不好意思，我來晚了。」

「沒關係，我有聽說。坐吧。」

「是。」

賈迪爾抬起頭，和艾倫四目相交，他的表情瞬間為之開朗。

「艾倫，好久不見了。結束後，我想跟妳談談事業……咦？」

羅威爾瞪著賈迪爾，索沃爾一副如坐針氈的模樣，至於拉比西耶爾，則是直衝著賈迪爾笑。

艾倫心想，八卦不能現在曝光，於是用力閉緊嘴唇。

「說人人到啊。」

賈迪爾聽到拉比西耶爾這句話，發出困惑的聲音。理所當然的，他尚未進入狀況。

「那麼艾倫妳聽到犬子整天泡在治療院裡的流言，為什麼要鬧彆扭呢？」

即使本人來到眼前，拉比西耶爾依舊不結束話題。艾倫見狀，整張臉都紅了。

（居然在這種時候重提，太腹黑了！）

「艾倫聽了我的流言在鬧彆扭？呃……我對艾倫做了什麼嗎？」

賈迪爾的眉毛都垂成八字眉了。他不清楚來龍去脈，覺得是自己惹艾倫不高興了。

他就這樣以失落的神情看著艾倫。

「呃……不是，那個……我……」

心慌的艾倫斷斷續續地開口，本想解釋，但她根本不知道該怎麼說。

總不能說，人民妄自推論賈迪爾頻繁前往治療院的理由，是因為治療院裡有他喜歡的人。而這件事遭到瘋傳，艾倫知道後，感到很不高興。

（一想到女性們看到賈迪爾的笑容一直尖叫，我就……咦？先等一下。我為什麼要為了這個不高興？）

見艾倫的臉突然脹紅，賈迪爾和拉比西耶爾都嚇了一跳。

「艾……艾倫……？」

「我、我不是……」

氣氛漸趨詭譎，這時候有個人突然介入。

「哇哇哇！不准看艾倫！會少一塊肉！」

羅威爾把艾倫藏在背後，不斷威嚇賈迪爾。

「幼稚。」

拉比西耶爾只覺無言以對。他一邊說著「看到有趣的東西了」，一邊拍拍賈迪爾的肩

膀。

「算了，就算沒有自覺，至少有點希望了。你加油吧。」

「呃……噢……」

現在換成賈迪爾歪頭不解了。

＊

因為拉比西耶爾一句「那我們開始談正事吧」，直到剛才為止還很和睦的氣氛，轉眼間就化為緊張。

「先不說羅威爾……艾倫，妳記得艾齊兒嗎？是我的妹妹。」

「我知道。」

「我在信上也有寫，她的女兒艾米爾到鄰國海格納留學兩年。可是留學期限到了，她還是沒有回來。」

拉比西耶爾皺著眉頭說道。不過他的表情與其說是擔心外甥女的安危，更像是難以理解。

接著拉比西耶爾叫賈迪爾代替他說明。

「艾米爾這次留學的形式，是同意對方也遣人過來留學。雙方留學生在國境同時跨越國

境線。艾米爾原本應該在留學結束後馬上回來，但她卻沒有現身。」

這就是所謂的交換留學。如果是兩個水火不容的國家，不會只有單向留學。雖然名目上是留學，卻也是一種為了以防萬一的交換人質。

「…………」

「我們立刻使用魔法和海格納取得聯絡，但對方回答說，艾米爾已經前往指定地點。」

對方接獲和料想中不同的回答，也火速展開調查。我方反倒被他們慌張的模樣給嚇到了。

如果是前往指定地點的路途中被捲入什麼意外，應該會留下痕跡。可是不只艾米爾，連跟著她的整路人馬都消失了。

更有甚者，位在汀巴爾國內、和海格納相反方向的艾米爾的母親，竟也同時下落不明。

拉比西耶爾認為應該追查艾米爾一行人的行蹤，因此指派人員和海格納共同調查，卻什麼都沒查到。

兩者是同時，而且突然失去蹤影。

「陛下……」

賈迪爾說到這裡含糊其詞，顯得有些猶豫。他和拉比西耶爾四目相對，而拉比西耶爾最後點了點頭。

「其實姑母消失時，和她在一起的先王慘遭殺害了。」

「什麼！」

現場只有艾倫一個人極為驚訝。羅威爾和索沃爾應該是在事前聽說了。

「那不辦喪禮嗎……？」

才剛把疑問說出口，拉比西耶爾便回答：「已經在籌備了。」

得知先王被殺是在四天前。接獲信件是在三天前。換言之，拉比西耶爾馬上就通知艾倫他們了。

之所以不先舉行喪禮，是怕鄰國將艾米爾的失蹤和先王死亡的事實當成掩護，進而圖謀不軌。

而且不只艾米爾，連艾齊兒也下落不明。如果海格納想掀起戰事，艾米爾一個人應該就足以成為火種才對。

不知道他們為何還要特地殺了先王，擄走艾齊兒。

「嗯～～……」

艾倫反射性發出思索聲。

艾米爾所處的地方，距離國境大約兩日路程。就算已經展開調查，光是詢問證詞，也不見得四天後的現在就會結束。

儘管他們持續祕密調查，根據傳信鴿帶來的報告，連目擊者都還沒找到。

而且如果要跟海格納打仗，就必須仰仗羅威爾幫忙。拉比西耶爾現在正在採取自己能力

所及的手段。

艾倫看了看坐在旁邊的羅威爾，他正翹著二郎腿，雙手也交叉在胸前。這不是面對王族該有的態度，但既然沒有人斥責，代表羅威爾應該還沒答應幫忙。

「我和爸爸被人盯上，是因為艾齊兒公主她們下落不明的關係嗎？」

「對，既然沒有找到她們兩個人的屍體，那麼視為她們已經投靠海格納會比較妥當。而她們想要的東西……」

所有人一撇，視線都集中在羅威爾身上。這讓羅威爾的臉上堆滿了厭惡。

「請問……我懂爸爸為什麼會被盯上，可是我呢……？」

「如果要讓大哥行動，也只能利用妳了吧。」

「可是我可以用轉移，輕輕鬆鬆逃走，要對我下手很難吧？」

「是啊。」

當索沃爾「嗯～」地思索著，拉比西耶爾開口了：

「就像羅威爾的弱點是妳，妳的弱點也是羅威爾吧。」

「咦……」

羅威爾和艾倫面面相覷。

艾齊兒她們不可能不知道羅威爾有個極為寵愛的寶貝女兒。所以可以理解她們想抓出艾倫這個敵人的弱點。

但同樣的道理，如果艾倫對家人的愛此刻也絆住了她的手腳——

在菲爾費德，敵人盯上了拉菲莉亞這個索沃爾的弱點。一旦對方明白不可能對艾倫下手，拉菲莉亞也有再度被盯上的可能性。

可是這些都只是推測。

「而且海格納是信仰精靈的國家，他們和其他國家不一樣，擁有一套獨特的捕捉精靈的方式。會想得到艾倫也不足為奇。事實上，當羅威爾還在時，以及學院出現大精靈契約者時，他們都莫名主張那是他們的力量。」

畢竟信仰著精靈，他們的意思應該是——精靈帶來的恩惠也必須歸還給他們吧」。

（要是精靈界的大家知道這件事，感覺會一發不可收拾。）

艾倫不禁若有所思。

（總之現在情報還不夠……）

所以拉比西耶爾才會把艾倫叫來這裡吧。

「陛下走到死胡同了，所以才想借助精靈的力量是嗎？」

「沒錯。妳還是一樣，很快就進入狀況，真是太好了。」

拉比西耶爾一邊這麼說，一邊笑了。這不是一個父親被殺，妹妹和外甥女下落不明的人會展現的態度。從他的表現來看，他反而感到有些煩心。

他是基於自己的立場，不能被人看出自己的心境嗎？還是真的覺得無所謂呢……

鄰國或許覺得拉比西耶爾會宣戰，但如果他覺得無所謂，那就諷刺了。

一旦開戰，領軍的人就會是索沃爾吧。這麼一來，擔心索沃爾的羅威爾也會參戰。

（要是這樣……）

艾倫知道這會牽一髮動全身，忍不住嘆氣。

（就算只有現在知道的情報也好，要先整理一下。）

聽說他們如今已經祕密在追查艾米爾的行蹤了，但為什麼會沒有目擊情報呢？

艾米爾好歹也是他國的王族。是一沒處理好，就會引發戰爭的人，應該會謹慎行動才對。

連同整批隨行的人都不著痕跡地消失，的確令人費解。想得到的可能性，就是鄰國隱瞞了什麼。

「嗯嗯～」

艾倫第一次近距離見到艾米爾，是兩年前定罪艾莉雅之後。那是她前往位在鬧區的艾莉雅的餐館老家時。

當時艾米爾說她是來見證結果。

假設她原本就計劃如此，才說出那種話呢？

假設那句話代表她不會再回到這個國家呢？

「她可能在很早之前，就計劃著這件事了。」

「妳說什麼？」

「之前，艾米爾公主曾經造訪凡克萊福特領，說是要見證結果。明明總有一天會結束留學回來，一般人會用這種很像『看最後一眼』的詞嗎？」

「……的確是。」

「慢著，艾倫。這是什麼時候的事？」

索沃爾訝異地確認。

「兩年前我和拉菲莉亞還有大家去城裡玩的時候遇到的。我當時不知道那是誰……」

艾倫說到這裡，索沃爾不禁嘆了口氣。看來是聽到她跟拉菲莉亞一起見到對方，想像了當時的情況吧。

「啊……妳一定嚇到了吧。所以才會記得吧？」

「對。」

看樣子索沃爾知道拉菲莉亞和艾米爾兩個人水火不容。他想必都聽說她們在學院相處的情況了。

以拉菲莉亞的個性，一旦碰到討厭的人，她會連開口報告這件事都感到厭惡，所以肯定是憋在心裡沒有說。索沃爾一想到這點，不禁嘆氣。

拉比西耶爾接著問艾倫：「妳確定沒有錯嗎？」

「沒有錯。她還對拉菲莉亞說『不會再見面』了。」

「…………」

艾倫吐出一口氣。以這個推論整理這整件事會比較快。因此她直接說出結論：

「艾米爾公主恐怕是為了和鄰國聯手，才會去留學的。」

「妳說艾米爾她……！」

賈迪爾很是吃驚。不過拉比西耶爾也同意艾倫的推測。

「我也贊同艾倫的想法。因為這麼一來，一切都說得通……看來艾米爾是誤入歧途了。」

「可是現在並沒有證據證明這件事！」

賈迪爾表示他覺得難以置信，但艾倫卻以「就是因為沒有證據」駁回。

見賈迪爾一臉不解，艾倫斬釘截鐵地說：

「其實打從一開始，就沒有那一班隨從。」

「打從一開始就沒有……？」

「就是護衛他國王族的那隊人馬。畢竟一旦發生什麼事，就會馬上演變成戰爭，根本不可能只派一兩個護衛。再者，王族女性長距離移動時，也不可能用步行的方式，而不騎馬。馬車能走的路有限，而且走的絕對都是有人潮的路。就算設下封口令，也絕對無法堵住人民的嘴。因為這是個絕佳的話題。」

「……」

「你們明明已經掩人耳目收集情報了，卻一無所獲。那麼當成打從一開始就沒有那一隊人馬，才合乎情理……艾齊兒公主失蹤一事也一樣。」

「什麼！」

艾倫說完，所有人都難掩訝異之情。拉比西耶爾似乎因此想通了什麼，說了聲：「原來是這樣。」

「一旦身為王族的自己失蹤，兩國緊張的關係便會提高。先假設艾米爾公主和那個國家聯手，刻意掀起這樣的事端好了。這麼一來，我國一定會陷入混亂。如果她知道事情會演變成這樣，那麼現在她有個重要的人在這個一定會陷入混亂的國家，她會怎麼做呢？」

「……讓她逃走。」

賈迪爾聽了瞪大雙眼。

「原來是這樣。」

拉比西耶爾大大嘆了口氣，將身體靠在沙發椅背上。

除了艾倫，所有人聽完這段話，都是一臉沉痛。艾倫卻不解他們是怎麼了。

「這樣我總算明白先王被殺害的理由了。」

陛下表示這是多虧艾倫，艾倫這才聽懂了弦外之音，感到訝異不已。

假設艾米爾意圖不軌，並在背地裡進行救出艾齊兒的行動，那麼和艾齊兒同住的先王不可能不會發現。

如果她從很久之前就計劃了這件事，要替換為數不多的宅邸傭人就不是一件難事。

聽說艾齊兒被隔離之後，態度依舊蠻橫。艾米爾因此利用傭人們流動率大這點，替換成自己的人，然後進行拯救計畫。

「先王有抵抗的痕跡。還有，這是我的推測，他們行動的時間點，應該和艾米爾失蹤幾乎同時。但我派遣的部隊卻比他們預料的還早抵達現場，這點應該錯不了。」

艾米爾的情報明明鎖得如此滴水不漏，卻只有先王的屍體留在現場，這點一直令拉比西耶爾費解。

當他接獲報告，知道發現先王屍體時，血跡都還沒乾，這才知道對方來不及處理。

想必是賊人發現部隊抵達，在驚訝之餘，無暇隱匿屍體，直接逃走了吧。

「怎麼會……」

「這些頂多都是推測，不過這麼想，一切就合理了。我剛開始還以為海格納想掀起戰爭，所以把艾米爾藏起來，但如果是這樣，就無法解釋為什麼連艾齊兒也消失了……艾米爾的目的果然是戰爭嗎？」

陛下傷腦筋地揉了揉眉間。艾倫現在才發現，拉比西耶爾的眼周下方有著淡淡的黑眼圈。

這幾天問題層出不窮，他一定是沒睡好吧。

之所以和平常一樣從容，是為了不讓人察覺身體的不適。當艾倫明白這點，不禁感到有些憂心。

「鄰國為什麼這麼想打仗啊？」

面對羅威爾的疑問，陛下想也沒想就說：

「因為汀巴爾和海格納是從前斷絕關係的親族。他們都叫我們一族是叛徒。」

「叛徒？」

「哎，我猜大概是祖先做了什麼吧。畢竟有先例。」

拉比西耶爾諷刺地說著，一旁的賈迪爾一臉沉痛地低頭。

雙方關係更加惡化是在明確知道汀巴爾王族受到詛咒時的事。

對信仰精靈的國家而言，沒有比這個更可憎了。

而這樣的國家陸陸續續出現與大精靈締結契約的人，也很諷刺。

「艾倫，妳帶來的恩惠非常巨大。世上沒有國家不想要。艾米爾認為母親不被凡克萊福特家和王室善待，應該很恨我們。假設艾齊兒到現在依舊想得到羅威爾，這也會是動機。即使海格納想發動戰爭，他們卻知道羅威爾很礙事。所以如果可以利用艾米爾對抗，雙方的利害關係就一致了。」

「就因為這樣……」

「我猜，艾米爾是主動提出由自己來當人質，進而跟他們交涉的吧。一旦王族在他國成為人質，就算英雄再怎麼厲害，也無法輕易出手……她大概是這麼想的吧。真是膚淺。」

拉比西耶爾拋出這席話，代表他已經將艾米爾歸類為敵人了。

賈迪爾察覺這一點，也閉上了眼睛，彷彿已經有了心理準備。

「信件類的東西已經全數調查過了，我們知道艾米爾背著監視的耳目，祕密和艾齊兒往來……卻尚未掌握到她目前的下落。」

這很明顯是有人在妨礙。如果設局的人希望雙方關係繼續惡化，那就正中他們的下懷了。

「引誘她出來如何？」

「……妳有什麼策略嗎？」

見拉比西耶爾滿意地笑了，艾倫實在很想嘆氣。他肯定打從一開始就期待艾倫會替他解決問題。

可是既然開戰會傷及重要之人，幫這點小事其實不算什麼。

目前還難以斷定艾米爾的目的是否真的就是羅威爾，但既然她為了一己私慾做出這些事，也不必對她客氣——艾倫也如此下定決心。

「要故意釋出讓對方想開口的情報。這麼一來，說不定就能明白許多事了。」

艾倫接著闡述她的計畫。

＊

眾人談了非常久，後來太陽已經下山，他們這才先散會。詳細情形明天會再商討。而且拉比西耶爾他們接下來還要籌備先王的喪禮。

羅威爾等人離開後，留在原地的賈迪爾以沉痛的面容嘆著氣。

艾倫一瞬間就看穿身為王族的艾米爾背叛，並對此提供收集情報的手段。而那些手段也非常高明。

就連宮廷裡的精靈魔法師，也無法採取那種手段吧。

他們已經學到一旦惹火艾倫，就會得到可怕的下場。如今賈迪爾和近衛們再次見證這件事，內心都驚懼不已。只有拉比西耶爾一個人顯得很開心。

如果艾米爾打算對凡克萊福特家下手，毫無疑問會遭到報復。

視情況，國家難保不會被艾米爾牽連，也慘遭報復。拉比西耶爾表示，唯獨這件事必須避免。

無論理由為何，如果真的通敵賣國，艾米爾身為王族就必須被定罪。

艾倫帶來的情報將會確定這件事。

（要是惹火她，就是個可怕的對手，但如果是自己人，卻如此可靠……）

拉比西耶爾不禁想像本國與她為敵的瞬間。不只情報洩露無遺，就算派出精靈魔法師，在奧莉珍或艾倫面前，根本無用武之地。

要是精靈他們單方面使用魔法，武器和防具也無用武之地。對付他們這些凡人，就像折斷嬰兒的手一樣容易。

默默在室內待命的近衛們也深感一件事——人類在精靈面前，是多麼無力又渺小的存在。所有人的臉色都一樣難看。

「陛下，艾倫可真厲害……」

「是啊。不能與之為敵。但缺點就是，她對自己人太過溫柔了。」

「…………」

賈迪爾從小被灌輸比起家人，更要重視國家和人民的觀念。對他而言，艾倫的這個缺點同樣令他憧憬。

「以艾倫的立場，完全可以調動大精靈。既然她願意幫忙，就沒有比她更強的靠山了。一旦艾倫展開行動，羅威爾和大精靈也會跟著行動。」

「……陛下說得是。」

賈迪爾好恨這副被詛咒的身體。若是沒有詛咒，他就可以一起行動了。想到此處，賈迪爾握緊了拳頭。

接著要協商的是先王的葬禮。關於這件事，賈迪爾也必須從旁學習。

「去叫艾涅斯托過來。」

「遵命。」

拉比西耶爾如此命令在室內待命的近衛。

「對了，我還要那塊布。在他來之前，我要休息片刻。」

拉比西耶爾說完，伸長了腳，躺在沙發上。

賈迪爾第一次看到父親如此舉動，感到有些訝異。

「對了，你也稍微休息一下。接下來又要開始忙了。」

「是。那我就恭敬不如從命了。」

拉比西耶爾把待命中的隨從叫來，隨從將布浸泡熱水後擰乾，接著蓋在拉比西耶爾的眼睛上。不久之後，他就睡著了。

賈迪爾也對近衛們點了點頭，靜靜往隔壁移動，稍作休憩。

隨從也替賈迪爾拿了泡過熱水的布。賈迪爾在好奇之下，學拉比西耶爾躺在沙發上，接著把布蓋在眼睛上，隨後他的記憶便中斷了。

第五十一話　說服精靈們

協商過後，艾倫和羅威爾回到精靈城。

由羅威爾負責向大精靈們解釋，艾倫則要向奧莉珍解釋。

艾倫前往王座之間後，只見王座旁擺了張新沙發，沙發上放著許多靠枕，奧莉珍則慵洋洋地埋在靠枕堆裡坐著。

雖說奧莉珍進入穩定期了，還是不能大意，所以精靈們都以準備萬全的姿態，在一旁待命。

「媽媽，妳的身體還好嗎？」

「呵呵呵，今天幾乎沒有害喜喲。但肚子就是好餓！」

艾倫坐在奧莉珍旁邊，對著小小的生命說話：

「我是姊姊喲。寶寶今天好乖喔。」

艾倫撫摸著奧莉珍的肚子。一想到這個稍微隆起的腹中，有個新生命，艾倫就覺得感動萬分。

不知道寶寶的性別是什麼？是男生嗎？還是女生呢？

艾倫一邊夢想著未來要和寶寶做哪些事，一邊輕撫肚子說寶寶好乖。這時候，她感覺到一股細微的力量流動。

「……奇怪？」

「呵呵呵，被姊姊誇獎，很高興是嗎？」

奧莉珍欣慰地說著，但才在肚子裡半年，就已經能使用能力，這倒是讓艾倫比較驚訝。

「這孩子是天才嗎？」

「哎呀哎呀，妳跟羅威爾講一樣的話呢。」

「什麼？這太讓我意外了。」

「哎呀哎呀哎呀。」

最近旁人說她很像羅威爾的次數變多了。每次聽到，她都會回答「很意外」，但羅威爾卻是喜上眉梢，讓人煩得不得了。

幸好羅威爾現在不在場——艾倫偷偷鬆了一口氣。

「好了，艾倫妳打算怎麼做呢？」

奧莉珍突然進入主題，艾倫於是端正了坐姿。看來奧莉珍已經透過水鏡，從頭看到尾了。

這是人類之間的問題，但倘若釐清對方的目的是羅威爾和艾倫，奧莉珍便要以女王的身分，詢問艾倫會怎麼處置人類？

「人類的問題就交給人類。這點不會改變。」

「是呀。」

「但如果爸爸和我被直接盯上，那就是人類和精靈的問題了。」

「……說得也是。」

「可是其實我……」

「一旦精靈進行定罪，人類就不會善罷甘休。妳是介意這點吧。」

「對……」

「既然跟那個女人有關，我倒是現在就想定死她的罪……」

「哇哇哇！媽媽，不行啦！」

要懷有身孕的奧莉珍前往人界，力量恐怕會失控，不知道會造成什麼後果。

現在奧莉珍周遭的空氣就已經充滿高濃度的魔素了。濃度異常到亞克會定時前來確認魔素的狀態。

奧莉珍現在的狀態就是這麼不穩定。

「人類就交給人類解決。所以其實我想請腹黑先生幫忙。」

「哎呀。」

「兩年前他口頭答應過我。這時候不拿來用，更待何時！」

「呵呵呵，這個不錯喲！」

這樣就有用水鏡觀看的樂趣了——聽奧莉珍這麼說，艾倫也笑了。她總覺得肩膀沒有那麼沉重了。

人類與精靈。以及女神的身分。女神會時時刻刻看著艾倫的行為。她肩上的擔子，重得無法衡量。

如果是過去的艾倫，就不會顧及精靈或女神的立場，只要對家人出手，她就不會饒恕，會馬上採取行動。

但既然她是為了守護世界而存在的女神，就必須平等看待一切。

（我覺得我太深入人界了……）

隨著歲月流逝，艾倫總會陷入慢慢被抽離人界的感覺。

每當和同齡的拉菲莉亞玩耍的時候。還有看到守護自己的凱逐漸長高，仰望他的角度逐漸改變的時候。

好久不見的人總會被自己嚇到。當艾倫待在人界，就會覺得只有自己被留在原處。

艾倫低頭看著不會成長的自己的身體，嘆氣的次數也變多了。

生前是人類的感覺總是妨礙她，讓她因此缺乏身為精靈的自覺，有著自己是人類的錯覺。

奧莉珍身為女神、身為母親，自然有注意到艾倫內心的糾葛。所以才會從旁守望著她。

覺醒成女神已經兩年。雖然也歷經真正的覺醒，但其實也才經過半年。

現在是時候，必須下定決心了。

（就算這樣，我……）

艾倫走到城堡的露台，仰望著夜空。

人界的月亮是一個，精靈界卻是兩個。這兩個世界連仰望的景象都不同。

（可是不管是哪個世界，對我來說都很重要啊……）

從前的記憶已經逐漸模糊，即使想拿來對照，現在卻已經想不太起來。這讓艾倫覺得不捨。

（要是我全都有辦法守護就好了……）

如果是從天空往下看，世界會有什麼不同嗎？

＊

艾倫回到室內，正好遇上已經說服好大精靈們的羅威爾。

「爸爸。」

「嗨，我可愛的公主殿下。」

羅威爾在艾倫的頭頂落下一吻，惹得艾倫一陣癢，他接著詢問艾倫，對奧莉珍的解釋是否已經結束。

「結束了。爸爸你那邊也結束了嗎？」

「當然結束了。大家都很配合喔。」

「……咦？」

艾倫不禁歪頭。因為過去和人類產生的執拗，就算艾倫和羅威爾是精靈，還是有許多針對他們那些人類親屬的辛辣意見。

所以艾倫沒有料到他們肯配合。就是因為猜到雙方多多少少會起爭執，這件事才會交給羅威爾處理。

艾倫原先認為會僵持好幾天，現在她的臉上寫著滿滿的疑問，想知道羅威爾是怎麼辦到的。因此羅威爾笑著把原委告訴她了。

「妳不是有在領地栽培東西嗎？多虧了那個喔。」

艾倫眨了眨眼。接著馬上就明白理由了。

「爸爸，難道說……」

「哎呀～我沒想到他們會這麼喜歡耶。」

羅威爾自己也沒想到效果會如此卓越。

這麼一來，為了把那些東西拿給精靈當回饋，室內短時間內勢必會充滿那股甘甜的香氣了。

「要是到處都有那股甜味，別說室內了，周遭的精靈都會靠過來的……」

「嗯～真是傷腦筋！」

要是被氣味吸引來的精靈產生興趣，難保不會演變成一發不可收拾的騷動。

凡克萊福特家都已經是祕密製作了。

但羅威爾表示船到橋頭自然直，似乎已經有所覺悟，而不是有什麼好計策。

當艾倫思考著該怎麼處理時，她突然想到一件事。

「乾脆當成豐收祭，熱鬧一番吧。」

「豐收祭？」

「就是慶祝豐收的慶典。為了感謝精靈並祈禱，把豐收的作物製成食物或酒，當成供品供奉後，再自己吃掉，當成慶祝。只要到時候一起做，味道就會混雜，應該可以稍微矇混過去吧？」

「啊，這個不錯！」

羅威爾笑著說他明天就要去向索沃爾提議。

「先不說這個，爸爸。」

「嗯？怎麼了？」

「請你不要再用甜點收買精靈了。否則凡克萊福特家的廚師們會很辛苦耶。你應該在事前向他們說明，獲得他們的首肯之後，再行提案才對！」

「嗚……抱歉抱歉！」

其實以奧莉珍為首，甜點深得精靈們的喜愛，他們總會激動地吵著要吃。

只不過，一旦奧莉珍吃了甜點，似乎也會對胎兒有某種影響，讓胎兒變得容易發出平常已經趨緩的衝擊波。其實感覺只像寶寶也跟著開心而已，但艾倫就是擔心會不會有什麼不良影響。

而且如此一來，在奧莉珍周遭維持結界的精靈們也無法鬆懈。

為了掌握要分給精靈們的甜點數量，艾倫在無奈之中，詢問羅威爾去找誰幫忙了。

*

這是稍早之前的事。

羅威爾把大精靈們叫來大廳，說明事情緣由後，徵詢他們的協助。但精靈和人類之間的鴻溝太深，同意幫忙的只有幾個跟艾倫要好的精靈。

要在國土廣闊的地方收集情報，只有幾個人實在無法安心。當羅威爾這麼想，一名大精靈說話了：

「說到底，為什麼吾等精靈要為了區區人類，做到這個地步？要是他們敢對公主殿下出手，一口氣滅掉他們就是了。」

「就是說啊。為什麼要這麼迂迴？」

「追根究柢，公主殿下之所以幫助人類，都是因為她長時間沉浸在人界之中。只要不去人界，人類也無從下手了。」

「公主殿下是將來要成為女神的貴人。如果她老是幫助人類，未來實在令人擔憂。」

羅威爾也覺得大精靈們的主張很有道理。

然而一旦自家領地的人類被捲入戰火，他們精靈將會失去某些東西——羅威爾嚴肅地如此說道。

見平常總是吊兒郎當、事不關己的羅威爾如此嚴肅的表情，大精靈們都很是不解。

「失去……某些東西？」

什麼啊——大精靈們完全想不透。他們互相問著「人界有什麼東西嗎？」，但任誰都是搖頭不知。

「弗蘭和奧布絲受艾倫所託，在領地裡培育了幾種作物。此外，妮婕爾、雷根、伯登和里希特也都參與其中。另外，也有些東西是只在精靈界栽培。」

「……這又怎麼樣？」

「你們覺得那些東西可以用來做什麼？艾倫不是偶爾會送東西請你們吃嗎？沒錯……就是甜點。」

那是艾倫靠模糊的記憶，教宅邸的人做出來的產物。那些甜點在廚師多方嘗試後，終於

進化，如今也會分給大家吃。

他們在領地栽培能製成砂糖的作物，並致力栽培小麥。多虧精靈們的幫助，讓作物豐收，當保存方式也完備，甜點便能一個接著一個製作，並慢慢進化。

艾倫就是將這些甜點當成謝禮，分給幫忙的精靈們。精靈們沉迷在甘甜的甜點裡，有時甚至會催促艾倫去拿。

但艾倫本著天下沒有白吃的午餐的精神，只給肯幫忙以及照顧她的精靈。

換言之，只要幫忙艾倫做事，就能得到甜點。事實上，有很多精靈都是看準了甜點，主動詢問艾倫有沒有事情需要幫忙。

「您、您說什麼……！」

「要是演變成戰爭，我的領地的人就會被送到最前線，沒辦法栽種作物。當然，製作這些甜點的人也是。這麼一來，暫時就……不對，要是廚師死在戰場上，可能再也做不出來了吧。」

羅威爾左右搖頭，無奈地嘆了口大氣。

既然精靈們不肯出力，那也沒辦法——羅威爾說完，準備離開大廳。

「請、請留步，羅威爾大人！」

精靈們開始慌了，羅威爾在他們看不見的地方，不懷好意地笑了。

「您說甜點可能再也做不出來，這是真的嗎！」

「怎麼會這樣……我看好人類的東西就只有那個啊……！」

「怎麼會這樣，我們根本不知道怎麼做啊。我最大的樂趣就是品嚐艾倫公主拿來的紅茶和那什麼餅乾啊……！」

「噢，對了。甜菜是甜點的材料，同時也是酒的原料喔。」

以伏特加為中心，甜菜可以製出各種東西。

其實釀酒必須經過國家許可，所以無法在凡克萊福特領製造，不過羅威爾記得艾倫說過，甜菜能釀酒。

「什麼──！」

對甜點沒興趣的精靈們開始躁動。

見大精靈們群起躁動，羅威爾祭出最後一擊。

「願意幫忙的人，我會拜託艾倫，提供甜點拼盤和酒作為報酬。」

「您說什麼！」

「拼、拼盤……！換句話說，可以一次拿到很多種類的甜點嗎！」

見精靈們反應如此激動，羅威爾暗自竊喜。

「對，我會告訴艾倫。」

「天哪，太好了！」

「我還想拜託她帶茶葉！」

「可以喝酒了！」

此刻艾倫就像受人崇拜的偶像，極度受歡迎。

精靈幾乎不吃東西，所以對吃的樂趣也知之甚少。

因此對精靈界來說，艾倫秉著「量不多就能吃」的心思帶回來當禮物的甜點，實在是一場革命。

*

艾倫聽完事情原委，抓著自己父親的臉頰，用力扭轉。

「好閧！好閧好閧！艾文！」

「討厭！爸爸你真是的，居然擅自答應他們！我不是說過，尤其不能動酒的歪腦筋嗎！」

「未嗚以！未嗚以！」

酒精也能當成消毒水，所以艾倫還在考慮要不要用在治療院。

可是若要釀酒，一定需要國家許可，那拉比西耶爾就勢必會出馬。

此外，比現在更忙碌的日子，也會襲向索沃爾。索沃爾現在有了孩子，一定想回家陪家人，把這件事告訴他，實在太殘忍，所以艾倫只告訴過羅威爾。

羅威爾也不想跟拉比西耶爾扯上關係，只說了一句「也對啦」，就這麼撒手不管。

「……所以呢？最後有幾個人肯幫忙？」

艾倫鬆手後，雙手交叉在胸前，睥睨著羅威爾。羅威爾見狀，頂著紅腫的雙頰，邊冒冷汗邊說：

「啊……很多？」

「啊？」

「五十……不對，一百？」

「什麼！」

精靈們一傳十，十傳百，「只要幫忙，就有甜點和酒當報酬」的傳言瞬間傳得沸沸揚揚。

「……該不會是全部吧？」

「可能？」

瞧羅威爾嘿嘿地傻笑，艾倫「哼」的一聲，決定先輕輕踢他的脛骨前端。

這攻擊不起眼，但似乎很痛，只見羅威爾抱著腳蹲下，身子不斷抖動。

真不愧是弁慶流淚處。

「嗚……沒想到妳會訴諸暴力，這是被拉菲莉亞帶壞的嗎！」

「你在說什麼啊！要是媽媽聽到這件事，豈不是會以為自己沒得吃，急得跳出來嗎！」

「啊……」

羅威爾一臉鐵青，看來是真的忘了。

既然精靈們都在瘋傳這件事，那想必已經造成騷動了。

奧莉珍一定也想吃甜點拼盤。但她有身孕，根本不可能前往人界，當然也無法幫忙。

一想到奧莉珍會為了吃甜食鬧彆扭，進而讓衝擊波失控，艾倫和羅威爾都一臉慘澹。

於是他們做好心理準備，前往王座之間解釋事態。

*

羅威爾和艾倫決定好請求精靈幫忙的手段後，隔天就去向索沃爾說明了。

當索沃爾聽到精靈熱衷甜點和酒這件事實，不禁苦笑。

「畢竟是好吃到讓大嫂醉心的甜點。我宅邸的人也是，聞到香味就會開始坐立不安。」

「如果製作的量大，一定會整間屋子都是味道吧。這麼一來，四周的人也會開始躁動。」

「是啊。舉辦豐收祭是個好點子，只是……」

「嗯？噢，還有喪禮是嗎？」

視情況，兩者可能撞在同一天。服喪要三年時間，這段時間恐怕不能舉辦慶典。

「不，其實那件事……」

「怎麼了嗎？」

事情才過去一天，艾倫心想，王城那邊是不是也發生什麼事了。

「只有入土這件事，會在明天祕密進行。陛下說整件事結束之後，再舉辦喪禮。」

「到時候要在沒有遺體的情況下，舉辦喪禮嗎？」

「對。他們會把先王的死因當成流行病，告知大眾已經先行火化。」

「原來如此……」

這個世界基本上是土葬，但如果死於流行病，就會使用火葬。

「既然這樣，為了避免被人看穿，慶典還是應該辦得盛大一點。」

即使封住人的嘴，還是有限度。動盪的氣氛總會不知從哪裡走漏，然後蔓延。

而此事不僅限於汀巴爾。還會感染給從極有可能正在備戰的海格納來的旅人、商人……

這些人對國際情勢尤其敏感。

凡克萊福特領裡有許多傷病患為了艾倫的藥而來。但因為有能接受完備治療的希望，讓患者們很開朗。

「如果是以替換儲備糧食和保存食品為目的的豐收祭，或許會比較好。」

「原來如此……畢竟東西放著，光是過一個冬天也消耗不完。」

凡克萊福特領的作物們無論天氣冷熱，都有著不斷成長的神奇生態。

作物不到一年時間就能收成，農家總是被忙碌追著跑，不過艾倫說服眾人，也必須讓農田休息才行。

栽種場所要定期更換，所以艾倫會把紫雲英的種子交給農夫，請他們種在收割完畢的農田裡。

這些種子是奧莉珍創造出來後，再由弗蘭和奧布絲改良的品種。

農田種滿了這種花，當花開時，所有人都因為那幅美景屏息。

「這叫做綠肥。種白三葉草也不錯。」

白三葉草和紫雲英就這樣逐漸種滿整片出野。樣貌如此多變的農田，最近已逐漸成為凡克萊福特領的名勝。

「如果要辦豐收祭，就是秋天了吧。到時候白三葉草的花還開著吧。紫雲英是秋天播種的嗎？」

「對。紫雲英要過冬之後，等春天才會開花。」

「這樣啊……我本來還想，可以吸引到想來看花的人，看來專心在慶典上好了。」

索沃爾出乎意料地有興致。羅威爾和艾倫見狀，都瞪大了雙眼。

現在還有鄰國的事情要忙，他們以為索沃爾會抱怨「又要變忙了」，而苦惱不已。

「沒想到你也喜歡慶典啊？」

「呃，不……算、算是吧。」

索沃爾回答得有些曖昧，艾倫見了，似乎發現什麼，雙眼一亮。

「叔叔應該是去華求實派的……是看準了攤販跟甜點吧？」

「唔……！」

「什麼嘛，原來你也還沒長大。」

羅威爾笑著說。索沃爾被戲稱成小孩子，不禁有些害羞地喃喃道：「我都已經三十了……」

索沃爾很挑食，唯獨愛吃肉和甜點，廚師們也試了很多種食物。

所以艾倫才會想出用派皮或麵包包著雞肉，再配上甜醬汁這種有許多蔬菜，又方便吃的食物。

如果是跟著肉一起吃，極度偏食的索沃爾也會吃很多。這份菜單甚至讓主廚感動涕零。加了甜醬汁的麵包是索沃爾的最愛。所以他很期待，攤販說不定會推出相似的新東西。

「不過在舉辦之前，還要先做好通知，並採購材料。」

「妳說得對。要準備什麼呢？」

「小麥、砂糖、肉和水果……總之越多越好。」

「這樣啊。那要釀酒的時候，還需要什麼嗎？」

「精靈界有掌管火和水的精靈，我會請他們幫忙。因為精靈界也有在釀酒的精靈。只要我說是為了釀成精靈喜歡的味道，掌管酒的精靈也會來幫忙。」

「精靈真的是好方便……那麼我們提供材料就行了嗎？行程排緊一點好了。另外，可以麻煩大哥去轉告陛下嗎？」

「……幹嘛要我去？」

「原因之一是這樣比較快，而且如果要釀酒，需要陛下批准啊。」

「呣……」

雖說是要給精靈的份，但要是被人知道他們私自釀酒，那就不好了。事情畢竟是因為羅威爾才會變成這樣，當然要找他——艾倫和索沃爾都瞇起眼睛，以無言的壓力責備羅威爾。

隨後，羅威爾立刻轉移到王城。艾倫和索沃爾目送他離去後，和羅倫一起商討如何籌措材料，並派人去辦。

「我是想大量購買紅酒，可是要跟哪個貴族買才好啊？」

「老爺，您滿心想喝酒啦。」

「呣……不行嗎？」

「您要負責籌備慶典，所以不能喝太多吧。」

「唔唔唔……」

儘管一臉悔恨，為了宅邸以及鎮上的人，索沃爾還是想買整桶紅酒。

事情比預想中還盛大，因此艾倫打算先回到精靈界，與幫忙釀酒的精靈協商。

這時候羅威爾迅速回到宅邸。他的手上還拿著釀酒的許可證，這讓艾倫和索沃爾看了，都對拉比西耶爾的決斷感到訝異。

「啊……不過我先道聲歉。」

「咦？怎麼了嗎？」

「沒有啦……因為是我們領地的慶典……所以……」

「……陛下要我們提供什麼東西給他嗎？」

「那算旁觀嗎？總之要我們同意他參加……」

「……陛下該不會說他嗅到錢的味道，所以要讓殿下過來吧？」

「嗚！妳怎麼知道！」

看來對方真的說他嗅到錢的味道了。賈迪爾也很有興致，說是可以介紹跟艾倫合作事業時做的東西，還可以來擺攤。

「來這招啊～～……」

有誰會想到王族竟要參加呢？

索沃爾知道，這下騎士團會因為警備等因素忙翻天，臉色不禁沉了下來。

「索沃爾，抱歉。」

「唔……」

「他們不用管喪禮了嗎……？」

「啊，聽說只會有包括那傢伙的幾個人進行。而且還說，如果殿下在這裡，比較能擾亂敵人。」

「啊～原來如此……」

「那就不用遮遮掩掩，我們借宅邸的廚房，一起做甜點吧。」

把拉菲莉亞和凱他們叫來，一起製作或許很好玩。

「……艾倫，妳完全沒在客氣耶。」

「咦？那當然啊。只要是能用的東西，不管是什麼東西，我都會用！」

艾倫握拳強調，結果換回羅威爾一句「我家的女兒真強啊～」的溺愛發言。

稍晚，當艾倫和拉菲莉亞以及凱商量，結果沒想到拉菲莉亞出乎意料有興趣。

「這樣正好，看我把那傢伙弄得灰頭土臉！」

聽見這席可靠的宣言，艾倫忍不住拍手叫好。

第五十二話　豐收祭

當大夥兒開始製作甜點，整個城鎮都因慶典熱鬧。

從準備攤販和裝飾的階段開始，就看得出人們興奮期待的模樣。

索沃爾負責騎士團的警備工作，羅威爾負責把釀酒用的大量甜菜運回精靈界，羅倫負責指揮將紅酒運至重要場所，大家都很忙。

其中，艾倫穿著圍裙、戴著三角巾，在宅邸的廚房裡做準備工作。她身上的圍裙是以前跟伊莎貝拉一起做的。

如今拉菲莉亞也穿著同款的圍裙。當她們一起製作甜點時，總是喜歡打扮成這樣。

艾倫和拉菲莉亞從幾天前，就埋頭跟著宅邸的廚師們製作要用在甜點的果醬，以及肉品的調味。

進烤箱無論如何都會花上一段時間，他們決定先大量製作像餅乾這種可以久放的東西。

女僕負責將餅乾用包裝用的蠟紙或餐巾紙包起來，大夥兒就做著這種宛如傳遞水桶的流水作業。

今天中午就會在城鎮宣布豐收祭開始。所以他們說好，在中午之前，可以開始製作派這種使用肉品、無法久放的食物。

賈迪爾只有當天才能來幫忙，所以一大早就來到凡克萊福特宅邸。

索沃爾也同意從今天起，宅邸人們可以去參加慶典，因此宅邸內的人已經變少。

艾倫於是決定趁人少的時候把賈迪爾叫來，一起進行作業。

「我……我沒下過廚……這樣可以嗎？」

勒貝攤開凱遞過去的圍裙，迅速替賈迪爾穿上。看那副熟練的模樣，艾倫不禁目不轉睛地看，還發出「哦～～」的聲音。

在場的人有艾倫、拉菲莉亞、凱、賈迪爾和卡爾。卡爾不會在背後繫蝴蝶結，還是拉菲莉亞替他繫的。

「好……好看嗎……？」

賈迪爾害羞地向艾倫確認。

「很好看喔！大家都穿一樣的呢！」

艾倫燦爛地笑了，賈迪爾也開心地回答：「這樣啊。」

凱的圍裙背後綁成死結，拉菲莉亞抱怨了一句「你這根本是死結嘛」，依舊不厭其煩地替他綁好。

「我覺得只是依賴精靈，顯得很沒有誠意……但他們會接受我經手過的東西嗎？」

賈迪爾沮喪地說著，拉菲莉亞聽了，粗魯地呼出鼻息。

「有我一起做，當然是很好吃啊！你不要這麼陰沉啦！」

「笨……！喂，拉菲莉亞！妳怎麼對殿下如此無禮！」

卡爾慌慌張張地斥責正大光明說出這種話的拉菲莉亞。而賈迪爾聽了，則是愣在原地。在一旁待命的女僕和廚師聽了，都鐵青著一張臉站在牆邊。凱倒是習以為常，一臉滿不在乎。

自從他們一起去過菲爾費德後，彼此之間就不存在顧慮。能當面對著一國王子用這種口氣說話的人，恐怕也只有拉菲莉亞和艾倫了。

「要是餅乾被詛咒，我們看得見，所以當然會被排擠喔。」

「咦……」

聽到艾倫說出如此稀鬆平常的話，賈迪爾大受打擊。

「艾倫，妳比我更不留情耶。」

「咦？我……我有嗎？」

見拉菲莉亞笑得合不攏嘴，賈迪爾再度受到打擊，不過他馬上振作，表示只要不碰麵團，應該就沒事了。

「……你好像越挫越勇了耶。」

拉菲莉亞說完，賈迪爾笑著回答：

「因為我沒空低頭消沉了。而且這種機會可遇不可求啊。」

看到賈迪爾露出笑容，女僕和廚師都訝異地瞪大眼睛。

汀巴爾的王族因為過去種種因緣，受到凡克萊福特領的人們仇視。前領主和羅威爾也都因為艾齊兒，在魔物風暴時被送上前線。

如今見到王子被凡克萊福特家的千金們哄得一愣一愣的，全都啞口無言。

不過賈迪爾的視線時常對著艾倫，一副非常幸福的模樣，周遭的人看著看著，也不禁釋出暖意望著他們。

「好，今天要做很多派喔！」

「好——！」

拉菲莉亞一吆喝，艾倫也朝氣十足地回應。

艾倫負責跟女僕一起製作糖漬蘋果、南瓜和地瓜。

拉菲莉亞他們負責派皮。他們會不斷做出派皮，做好之後，再交由主廚他們烤。

他們請賈迪爾的護衛們把裝有麵粉的袋子拿來，讓賈迪爾和廚師們進行麵粉過篩的作業。

拉菲莉亞和主廚將奶油塊切丁後放入麵粉中，然後攪拌。接著分次慢慢加水，揉製麵團。拉菲莉亞做得有模有樣。

途中，他們把羅威爾叫來，用魔法製冰，凱和卡爾則動手把冰山敲碎。

「麵團揉著揉著，會因為人的體溫變軟。所以要放進裝有冰塊的箱子裡，讓它冷卻休

息。這麼一來，就會出現一層奶油層，產生酥脆的口感。」

訣竅是，不能放太多奶油——拉菲莉亞一邊說，一邊俐落地用短木棍來回輾平麵團，重複著延伸後再揉成一團的作業。

「沒想到……做甜點居然這麼費工夫。」

不斷重複的作業，攪拌還需要力氣。而且廚具也很重，如果要大量製作，光拿廚具就很累人了。賈迪爾這才莫名佩服，覺得難怪廚師都是肌肉發達的男性。

「這個廚具比劍還要重……」

普通長劍的重量據說不到兩公斤。

大一點的鐵製平底鍋少說也有三公斤。要是放了許多食材進去，就會變得更重。而廚師就是要長時間甩動鍋子，在既定的時間內，做出大量的料理。

「沒錯，騎士會揮劍鍛鍊對吧？廚師也必須練肌肉，好拿得動鍋子。你可不能習慣一坐在椅子上，就有食物可吃這件事喔！」

「謝謝妳，我受教了。」

賈迪爾滿身麵粉，看起來非常愉快。

賈迪爾說過他不會去碰麵團，但當他聽到艾倫說，只要手指沒受傷，應該就不會有問題時，顯得極為開心。

「艾倫，糖漬好了嗎？」

「嗯！很好吃喔！」

「討厭～妳又在偷吃了。」

女僕們正對著艾倫使出餵食攻擊。因為艾倫吃得很開心，女僕們也就不小心由著她，讓她偷吃了。

拉菲莉亞苦笑之後，也打算試吃。這時艾倫「啊～」了一聲，要餵拉菲莉亞吃。

賈迪爾和凱見狀，雙雙瞪大眼睛。

「我……我也好想吃吃看喔。」

賈迪爾害羞地說著，旁人頓時以尊敬的眼神，稱他一聲：「勇者……！」

凱從旁用力地瞪著賈迪爾，賈迪爾也不服輸地瞪了回去。

「殿下你們還真好懂耶～」

卡爾哭笑不得地說完後，艾倫去出了一顆直球。

「要試吃的話，我裝進碗裡，請人拿過去喔。」

一旁咀嚼著滿嘴東西的拉菲莉亞見狀，差點噴笑，忍得非常辛苦。

他們兩人畢竟無法近距離接觸，這麼回答也理所應當，但賈迪爾聽到了，還是因為與期望不符，而失望透頂。

「啊～公主殿下真的很不留情……」

卡爾苦笑道。凱本來還以為自己能被艾倫服務，悄悄來到她的身邊，結果卻只接到一支

湯匙，以及一句「來，請用」就沒了。

「等……妳不要讓我笑死啦……！啊哈哈哈哈！」

拉菲莉亞看到連凱也被擊墜，直接哈哈大笑。艾倫卻是不解地歪頭，發出「怎麼了？」的聲音。

在一旁從頭看到尾的女僕們和護衛們紛紛小聲地提醒「不對……！」「要用餵的喔，艾倫小姐！」，但艾倫卻是完全聽不懂。

＊

派順利烤好後，他們用刀子切成等分，舉辦了一場由製作甜點的人參與的試吃會。

嗅到自己幫忙製作的甜點散發出香味，賈迪爾感動不已。

「在精靈降下恩惠的土地，將人民精心培育的小麥，加以諸多工法，才製成每日的糧食。這都是各位的功勞。非常出色。」

賈迪爾對所有幫忙的傭人道了聲謝。

幫忙的傭人們對於賈迪爾完全不同於艾齊兒的態度都很感激。

「來，快吃吧！下廚的人的特權，就是吃剛出爐的成品！」

「剛出爐的……太棒了。」

賈迪爾身為王族，東西都是經人試毒之後才吃，所以幾乎都冷掉了。

來凡克萊福特的時候，旁人會馬上替他試毒，相較之下，都能吃到比較有溫度的食物。

艾倫還記得賈迪爾因此覺得很開心。

用叉子叉進派後，發出了清脆的聲響。接著直接切開，便能看到熱氣從派裡頭升騰。

所有人簡單祈禱後，開始享用，那份美味令大家讚嘆。

「好好吃～～！」

艾倫笑容滿面地說，每個人也是點頭如搗蒜。

「能像這樣吃到自己幫忙製作的餐點……我實在太感動了。」

賈迪爾對派的味道讚不絕口，戰戰兢兢地詢問艾倫，精靈是否也會覺得開心？

「沒問題！」

艾倫信心滿滿地豎起大拇指，賈迪爾看了，也笑著說：「這樣啊。」

＊

對城鎮的居民來說，領主提議的豐收祭非常有衝擊性。

孩子樂得有慶典可玩，不過當他們單純地詢問慶典的用意，才知道這是一場慶祝豐收，並感謝精靈的活動。

當他們解釋要把做好的甜點獻給精靈，然後說些感謝的話語後，人民都非常贊同，表示務必要舉辦。

此外，聽到多餘的食材和食物，都能隨意享用，原本面有難色的人們也說要參加了。

當天多少有些混亂，女性和孩子們負責製作甜點或料理，男人們負責撿爐灶用的薪柴，忙得不可開交。所有人就這樣，一邊配合，一邊準備食物和酒。

其他領地的人聽聞消息，紛紛前來遊玩，商人們也擴大了攤販規模。

城鎮變得比平時還要熱鬧，人們也充滿活力。

城鎮中心設有簡易祭壇，索沃爾一聲令下後，眾多甜點一一被擺上祭壇。

「感謝替我們帶來豐饒的精靈們。為女神獻上祈禱吧！」

索沃爾開口後，所有人一齊跪地，專心祈禱。

這塊領地雖遭受許多災厄，自從擁有精靈加護的英雄歸來後，幸運就接連不斷。

其中還有許多罹患不治之症的人，為了抓住最後的希望來到此地。

如今眾人仍相信製作出救命良藥的人正是英雄，以及身為精靈公主的英雄之女。

「Segen（惠澤）・凡克萊福特！」

在場有個人喊出「受精靈所愛的土地、恩惠之地」等意的言語。

接著現場接二連三傳出「Segen！」的叫聲。

領民不止感謝精靈，也大叫他們感謝領主。

這讓索沃爾不禁笑了。

艾倫在暗處偷偷看著一切，然後做了點小動作。

那是以前在羅威爾和索沃爾的婚禮也做過的——從空中灑下鑽石雨。

當某種反射光的物體從天而降，在場的人們都驚訝地瞪大眼睛。

艾倫在那些東西靠近人們時，變換了原子排列，讓鑽石彷彿在空中融化一般，消失無蹤。

看起來就像藍天中的雪花一樣。

接著，當仰望天空的人回過神來，供品竟在一瞬間悄悄消失了。

「咦……！」

此時凱和獸化的凡一起往前，出現在驚訝的眾人面前，代表精靈向所有人問好。

『吾等收下你們的祈禱了。切勿忘記此刻的心意。』

坊間雖傳說凱的精靈是個大精靈，他卻很少出現在人前。

凡那神聖的姿態和一般精靈不同，讓人民心生畏懼。凡馬上察覺此事，立刻轉移消失，宛如表達他的事已經辦完了。

人民親眼看到這一切，下一秒立刻興奮大叫。

索沃爾苦笑看著事情發展，接著大呼：

「精靈大人也甚是喜悅！就把今天當成節日！各位，開心地吃喝吧！」

哇啊啊啊啊啊——！凡克萊福特領就這麼充滿歡呼聲。

＊

艾倫在精靈城大廳，將領地的人做的成堆甜點飄在半空中。

精靈們被甜點的氣味吸引過來，可說是門庭若市。

「呃——我把甜點帶來了，誰幫忙收集爸爸要的情報了？」

艾倫把報酬擺在眼前，歪著頭詢問，結果所有人同時把手舉起來了。

瞬間同時舉手的模樣簡直就像軍隊，讓艾倫的嘴角不禁抽搐。食物的魔力真可怕……她真心如此想道。

結果凡克萊福特家的精靈感謝祭，變成每年舉辦的慶典了。

＊

儘管準備很辛苦，有大精靈的協助，速度就快多了。羅威爾很快就把此事告訴拉比西耶爾。

「我方已經準備妥當。」

「這樣啊。我們這邊也正好埋葬完畢。」

如果鄰國為了掀起戰火，而利用艾米爾，一定會有所行動。不對，應該說不得个行動。要是他們判斷不再需要艾米爾，而把她殺死，那也就僅止於此。

光是身為受詛咒之人，就是個很好的標的。

精靈們無法碰觸艾米爾，所以無法直接使用轉移，把人帶回來。因此他們決定先找到人再說。

找到人之後要採取的手段，是轉移近衛們過去，讓護衛包圍在艾米爾兩側，連護衛一起間接轉移，將人帶回來。

「給你添麻煩了。」

拉比西耶爾已經屏退其他人，室內只剩他和羅威爾。即使如此，見拉比西耶爾老實道謝，還是讓羅威爾驚訝不已。

自從跟艾倫交過手後，拉比西耶爾偶爾會對羅威爾如此老實。但羅威爾長年累積的怨恨揮之不去，到現在依然覺得不自在。

拉比西耶爾在書房的書桌前，與文件搏鬥。不管羅威爾什麼時候來訪，他都在工作。現在更因為艾米爾的關係，多了處理與海格納有關的麻煩工作。

如今眼角下的黑眼圈已經變成明顯的存在。

「說實話，如果是以前的你，我覺得你會當場解決艾齊兒她們。步入歧途的艾米爾，也

不希望我們救她吧？」

「是啊。我一定會毫不猶豫解決她們。」

「你真的變了。女王當年早就存在，所以改變你的人，果然是女兒嗎？」

「要這麼說的話，陛下你也變了吧？」

「……………是啊。」

被羅威爾這麼一說，拉比西耶爾或許也有自覺，不禁想起兩年前跟艾倫交鋒的事。

「陛下有自覺，倒是讓我感到訝異。」

「就算贏過艾倫，也會在某方面敗北。」

「呵呵，那可真是遺憾。」

「不過海格納也贏不了她吧。」

「那當然。」

「他們就等著品嘗我體會過的恐懼吧。」

拉比西耶爾呵呵笑道，羅威爾卻是一陣苦笑，他沒想到女兒給予的恐懼竟然如此深遠。

被逼到一國差點毀滅，的確是很可怕。不只過去守護的人民全都倒戈，四周的人們也會變成敵人。

以拉比西耶爾的情況來說，是病患包圍著這整座城堡。疾病緩緩蔓延，士兵們一個一個倒下，那感覺就像一種無形的恐懼慢慢逼近，肯定非常驚悚。

正好這時候，近衛前來通報，說已經準備好了。

「好了，走吧。」

拉比西耶爾從椅子上站起。羅威爾也跟上。

接下來將會展開一場與海格納的情報攻防戰。

拉比西耶爾和羅威爾懷著一股一口氣高漲的緊張感，走出了書房。

第五十三話　海格納國

汀巴爾王國原本就是由海格納王族旁系成立的國家。

海格納國盛行精靈信仰，唯有成功與王室代代流傳的精靈締結契約的人，才會被視為後繼者，予以承認。

但只有本家之人才有這個資格，無論旁系之人多有能力，也會以沒資格和精靈締結契約為由，加以阻撓。

少部分旁系血親無法容忍這種事，直言自己也有能力，因此前往據說有許多精靈出沒的土地。

見旁系捨棄一族教誨，只憑一己私慾擅闖神聖的土地，直系族人是怒不可遏。

海格納一族深怕惹怒精靈，逐一懲罰誤入歧途的族人。

然而少數逃過一劫的人們，卻真的在那塊蠻荒之地，成功與精靈締結契約。

獲得那份力量的人決定與擁有同樣力量的海格納斷絕關係，開闢那片蠻荒之地，建立國家。這就是汀巴爾國成立的來龍去脈。

但海格納國說什麼都不會承認。

因此海格納王族將汀巴爾王族視為叛徒，看不起他們。

接著發生了一件印證長年來，他們的教誨完全正確的事——他們聽聞汀巴爾王族惹怒精靈，受到了詛咒。他們無不覺得這是一件理所當然的事。

「既然原本是我們一族的族人，就必須由我們親手肅清。」

現任國王海格納·羅雷·杜蘭是個忠於一族信念的男人。

海格納王室代代都是黑髮。這個髮色是與王室有淵源的精靈的顏色。

這種顏色表現出他們與精靈的牽絆有多穩固。不過據說，祖先在與汀巴爾決裂之前，外表是金髮碧眼。

如今海格納王族裡，已經沒人擁有這種特徵，但每當看到汀巴爾王族，就會令他們感到痛恨不已。

今年就要滿二十二歲的海格納國王杜蘭是黑眼黑髮，卻沒有與精靈締結契約。

因為自從十二年前左右，杜蘭的弟弟律爾因意外去世後，該精靈在傷心之餘，陷入沉睡，就這麼不再現身。

汀巴爾王族明明惹怒精靈，還受到詛咒，但他們擅自在那塊著名的精靈聖地建城後，卻因此能和大精靈締結契約。只有叛徒享有那份恩惠。

汀巴爾蒙受的恩惠應該是屬於海格納才對。

接著二十幾年前，跟精靈沒有任何緣分的汀巴爾國的凡克萊福特家繼承人竟然和大精靈締結契約了。

兩年前，同樣是凡克萊福特家的護衛也與大精靈締結契約。不只如此，凡克萊福特領還不斷傳出精靈施恩的傳聞。

汀巴爾到底發生什麼事了？

律爾出生時，眾人都騷動不已，但死後依舊持續帶來不幸。

杜蘭不悅地咬著牙，認為他是可恨的存在。

（因為律爾出生的關係，精靈都放棄我們了，為什麼被詛咒的鄰國卻總是能蒙受精靈的恩惠？他們才是精靈的敵人啊！）

杜蘭無法接受。他想把發生在周遭的不幸，全數歸咎在可恨弟弟的身上，但這麼一來，卻無法解釋鄰國為何蒙受恩惠。

（……不對，追根究柢，為什麼凡克萊福特會開始繁榮呢？）

杜蘭再次看了看密探呈上的報告，發現自從英雄羅威爾回到領地之後，確實催生出一筆莫大的財富。

重新挖掘封鎖的礦山。更把精靈給予的藥品提供給人民，進行領地改革，以收容因此聚集而來的人民。還從根本重新審視治療院的制度。

他們以治療院要使用為由，栽培甜菜。更把不用的菜渣當成領地特產——馬的飼料，是非常物盡其用的智慧。

（這些全都是英雄羅威爾的智慧……？他是在精靈界獲得這些知識的嗎？可是我聽說別提老家，英雄羅威爾很討厭他們國家的王族。）

杜蘭總覺得事有蹊蹺。他不知道問題究竟出在哪裡，眉間的皺褶因此隨著時間不斷增加。

（如果他是從精靈口中得知這些智慧，那締結契約當時，就已經開始接觸那些智慧也不奇怪。以前跟現在有什麼不一樣……）

杜蘭想到此處，突然想起一個人的存在——一名有著一頭長銀髮，髮中透著淡淡的美麗七彩光輝的少女。

（難道傳聞說精靈公主帶藥來是真的……？）

杜蘭想到此處，驚愕不已。此時密探追加的報告送來他的跟前。

杜蘭急忙搶下報告閱讀，然後不停大笑。

「啊哈哈哈哈！這樣啊！原來是這樣！」

報告上寫著，以艾倫・凡克萊福特的提議為基底，和賈迪爾・拉爾・汀巴爾共同經營的事業內容。

＊

法歐村位於海格納郊外一處被森林包圍的地方，村中有個青年在自家後門尋找著某樣東西。

這名金髮碧眼的青年長得很高，有著纖瘦的體型，但往上捲起的襯衫袖子底下，卻看得見經過鍛鍊的肌肉。

他的腰間掛著收在劍鞘裡的劍，從固定劍鞘的皮革狀態，可以看出東西經過精心的養護，而且使用了很久。

「喂～妳在不在啊？」

他從柴堆上方，找到砍柴的樹樁內側，甚至將長在庭院邊邊的樹叢推開尋找。隨後，青年沮喪地嘆了一口氣。

「今天不在啊……」

青年手中抓著一個簡易袋子，是用一張皮革以及一條繩子簡單綁起製成的。

袋子裡面裝著麵包、起司和小小的蘋果。這是青年平時的午餐，不過他從以前開始，就會和友人一點一點分著吃。

但他這個友人個性反覆無常，總是不怎麼搭理他。

「尤伊大人，您在這裡嗎？」

時間似乎到了，護衛來找他了。

青年的友人不太會跟這名護衛相處，要是他在身邊，友人就完全不肯靠近，所以青年拜託護衛，唯有中午這段時間要保持一定的距離。

「……提茲，我今天沒見到她。」

見尤伊一臉失落，被稱作提茲的護衛只能苦笑。

「您應該不會說是我害的吧？」

「就是這個！搞不好就是因為你在找我！」

「我才剛說完，您就怪到我頭上了。」

提茲笑著說「這樣會不會太過分」，尤伊也一邊道歉，一邊笑了。

「那麼您還沒吃午餐吧？」

「對。我本來還想跟她一起吃的……」

「這也沒辦法。在被老爺斥責之前，請您在這裡吃吧。」

「就這麼辦。」

現場有好幾個劈柴用的樹樁，尤伊就坐在其中一個上頭。

他打開袋子，開始享用裡面的麵包和起司。但畢竟還有朋友的份，所以分量比平常稍多了一些。

尤伊沒能見到友人，無精打采地小口吃著東西。提茲見狀，只能苦笑。

提茲回過家裡一趟，他的手上拿著兩個杯子。他將其中一杯拿給尤伊，自己也坐在另一個樹樁上。

這名負責照顧尤伊、名為提茲的青年，今年即將滿二十八歲。

全名是提歐茲。暱稱是提茲。有著一頭像刺蝟似的茶色短髮，眼神非常犀利。不過他總是笑得很溫柔，所以很受村人喜愛。

今年就要十八歲的尤伊也有一副姣好的面容，私底下同樣受歡迎，不過在海格納這裡，金髮碧眼被視為與精靈緣淺、不吉利，所以人們不太親近他。

提茲從以前就開始照顧尤伊，像是沒有血緣關係的哥哥。

尤伊的雙親意外喪生後，他就此孤苦零丁，當時正好遇見受僱為護衛的提茲，歷經一段波折後，才由提茲接管他。

他們離開從前住的地方，來到法歐村，在提茲的親戚家一起生活。

提茲的親戚是鐵匠。不過村子位在邊境，比起鑄劍需求，製作鋤頭、圓鍬，以及廚具等器具才是主要的工作。

尤伊除了以弟子的身分從旁學習之外，提茲認為他也應該習慣怎麼用劍，所以就在提茲的指導下，進行劍術修行。

而「她」這名尤伊的友人，是他和雙親一起住在宅邸時，就一直陪伴著他的黑貓。

但這隻黑貓不太親人，平常不怎麼理人。只不過她偶爾會心血來潮撒嬌，讓尤伊感到幸福不已。

當尤伊變得孤苦零丁，她也陪伴在身邊。

提茲則是牽起低頭哭泣的尤伊的手，拉著他往前。對尤伊來說，只有提茲和她是家人。

但提茲無法消除尤伊身為貴族、他自己身為平民的身分差距，到現在依舊見外地維持著護衛的身分。

而「她」雖有名字，尤伊卻說那不是提茲可以叫的。所以尤伊他們總是只叫「她」。

「……尤伊大人，我有件事情要告訴您。」

「嗯？幹嘛這麼鄭重？」

尤伊拍拍身上的麵包屑，不解地歪頭。

「聽說王都來了一大筆鑄劍訂單。」

提茲說完，尤伊手邊的動作便戛然停止。看起來像是在思索些什麼。

「……跟我無關。」

「尤伊大人……您沒有忘記吧？」

「…………」

經提茲這麼一說，尤伊大概是想起往事了，露出非常苦澀的表情。

「我們可是鐵匠喔。」

「我東西都還沒吃完，別跟我預告工作會變多啦！」

尤伊手裡拿著蘋果，肩膀整個往下垂。

「看來這陣子要一直撿柴了。」

「劈柴是還好，可是我討厭手指出現肉刺……」

「我不是好幾次都請您戴皮手套嗎？」

「但那樣握不住斧頭啊。」

「只要戴拿薪柴的那隻手就好了啦。」

「啊……你要早點告訴我啊！」

「我本來想看看您什麼時候會發現。」

雙方沒有了剛才那樣的緊張感，和樂融融地聊天。

「好了，我們該回去了。」

「嗯，知道了。」

尤伊將攤開在腿上的皮革袋子摺好，接著拍拍落在褲子上的麵包屑。

自從入秋後，下午偶爾會突然吹起冷風。

日光不易射入森林中，所以氣溫會一口氣降低。加上這裡容易下雨，他們都對風吹很敏感。

尤伊下意識仰望天空。雖然是晴天，空中的雲朵卻灰得有些混濁。看起來有些詭譎，讓

他不禁皺起眉頭。

提茲在一旁靜靜看著他，沒有再說什麼。

在遠處看著他們兩人的黑色小小存在，也跟著尤伊抬頭仰望天空。接著彷彿察覺什麼，雙眼瞪大。

黑色小存在迅速站起，就這麼消失在森林當中。

*

在海格納王城的某個室內，眾人才剛結束利用精靈魔法與汀巴爾王的會談，談話內容也還縈繞在每個人腦中。

在國王的書房內，只剩下為了協商而留下的杜蘭這位國王、近侍奧加斯，以及宰相。

杜蘭覺得這樣的會談根本不重要，所以請奧加斯把紅酒拿來。

奧加斯即將三十五歲，是個長相嚴肅又沉默寡言的男人。他順從陛下，總是默默遵從杜蘭的吩咐。

據說下巴的傷痕藏有受到國王認可，被提拔為近侍的逸事，但本人從未親口說過實情，所以無人知曉真相。

「陛……陛下……您打算怎麼做？」

宰相急汗不止，鐵青著一張臉。他今年才剛步入五十大關，卻已經滿臉辛勞，所以老到就算被人說他已花甲，也無可奈何。

杜蘭坐在椅子上，怡然自得地翹著腳。

這時候奧加斯返回，將紅酒倒入杯中。

屋內頓時充滿紅酒從瓶中流淌而出的咕嚕聲，以及芳醇的香氣。宰相卻心想：在這種情況下，真虧他還有辦法喝酒。

杜蘭默默享受酒香，將紅酒含在口中，感覺好像還沉浸在方才會談的趣味當中。

近侍和宰相都不發一語，等待杜蘭開口。

杜蘭喝完酒，想起了剛才會談的內容，忍不住笑出來。

「你們不覺得好笑嗎？明明是那女人背叛他們，他們卻又背叛回去。那一族的人實在有夠滑稽。」

接著杜蘭開始放聲大笑。宰相見狀，在心中偷偷嘆了一口氣。

事情的開端起於埋在兩國之間蓄勢待發的火種。

為了突破兩國目前僵持不下的局面，留學的提議浮上檯面。

以海格納來說，要把受詛咒之人遣送過來，簡直開玩笑。在眾多「殺死對方，以儆效尤」的聲音當中，只有杜蘭對精靈的詛咒頗有興趣。

「慢著。那個女人說不定派得上用場。」
杜蘭不懷好意地笑了，旁人的臉色也不禁鐵青。
杜蘭偶爾會像這樣，一發現好玩的玩具，就露出笑容。
一旦變成這樣，無論別人說什麼都沒用，因此所有人都陷入沉默。當中也有人有些同情那個女人。
「在殺了她之前，有必要調查詛咒是什麼樣的東西。」
杜蘭說完，有人詢問：「這是什麼意思？」
「你們不好奇詛咒給那幫傢伙帶來什麼樣的結果嗎？」
「……這是什麼……」
「利用那個女人大大宣傳詛咒的存在，正好合適不是嗎？」
「您居然……」
詛咒一事，頂多只是人們口語相傳汀巴爾王族犯下的行徑，並沒有證據，也不確實。
直到最近，才終於釐清他們受到詛咒，卻也只是傳聞。然而始終只有那個國家獲得精靈龐大的恩惠，實在令人深感不悅。
只要人民親眼目睹汀巴爾王族迫害精靈的證據，想必不會原諒他們。同時也能成為開戰名正言順的理由。
「可……可是……不能保證詛咒不會降臨到我們身上……」

「怎麼能害怕？你這種態度，根本無法取下他們的首級。」

杜蘭嗤之以鼻，臣子們紛紛驚恐地低頭。他們這是默許了杜蘭的提議。

後來被送來的少女果真是那個叛徒一族。

聽到那名少女帶來的情報和提議，杜蘭不禁笑著說：「有趣。」

杜蘭想起和少女相會時的事，這時宰相發話了。

「那麼陛下要拿那名少女如何呢？」

「先放著不管。不准輕舉妄動。」

「……您認為汀巴爾會有所行動嗎？」

「我猜應該已經派密探來了吧。要是我們急忙跑去那女人的所在地，他們說不定會來嚇唬我們。」

「……」

此時宰相想起剛才出席的會談。

拉比西耶爾替外甥女賠罪。

『艾米爾似乎把你們的隨從拖下水，跑去觀光了。實在很抱歉。』

「哎呀，平安找到她了嗎？」

『我收到聯絡，說還待在貴國。我馬上就把她帶回來，希望能允許我們這邊派幾個人進

入貴國一天，以便迎接她。』

「可以啊。」

杜蘭不禁竊笑，一天這個時間短得令他想笑。

他釋出「如果有本事在這麼短的時間內把人帶回去，那就試試看啊」的挑釁眼神。對此，拉比西耶爾只是笑了笑，感謝杜蘭同意。

杜蘭不是沒感覺到拉比西耶爾散發出一股陰森可怕的氣息，但汀巴爾王族無法借助精靈的力量，他倒是對拉比西耶爾會用什麼手段很感興趣。

「不過繼續把那女人放在我國也……」

宰相面有難色。受詛咒的存在意外增加，讓他覺得百般煩躁。

「她的確已經沒用了。殺了才是造福人間吧……」

但為了達成這件事，可能會暴露受詛咒的存在位於何處，杜蘭總覺得一旦下手，好像就輸了。

更重要的是，他才不想把受詛咒的屍體留在國內。

想到此處，杜蘭突然想到什麼，笑意就這麼停止。

（……怎麼了？）

現在這個狀況，其實反而不能隨便行動。杜蘭發現這件事時，不禁蹙眉。

（我被限制了行動……？）

雖然察覺到異樣感，杜蘭卻覺得只是自己的預感作祟，吐出一口氣後，讓自己的思緒冷靜下來。

「……陛下怎麼了嗎？」

眼尖的奧加斯問道。杜蘭則回答：「沒什麼。」

「這下難辦了。虧我還想宣布那女人已經沒用了。」

一想到當那個女人得知自己的企圖曝光，同時慘遭背叛，或許還能看到她扭曲的表情，杜蘭就覺得有些遺憾。

「但現在還不行。先待命吧。」

「……遵命。」

宰相與近侍同時低頭。

後來宰相直接離開，奧加斯則是待在角落待命。

杜蘭搖著手裡的酒杯，開始在腦中整理狀況。

（怎麼了？怎麼會覺得這麼不是滋味……）

他現在產生了一種被無法形容的東西包圍的錯覺。拉比西耶爾那句若有深意的費解言語。

用一天就能救出那女人——杜蘭對這句幾乎是確信的言語感到不對勁。

（為什麼他能斷定只要一天？）

照理來說，應該要說「等入境手續辦妥，就會前去迎接」，而且根據地點，可能會是坐馬車要耗時幾個月的距離。事實上，當初接獲下落不明的通知後，他編組的調查隊也預估至少要花三個月的時間找人。

然而拉比西耶爾卻用不到一個月的時間就說「找到了」。

杜蘭垂落視線，看著手中的酒杯。他一口氣喝下杯中沒剩多少的紅酒，然後「喀」的一聲放在桌上。

「陛下要再來一杯嗎？」

「好啊。」

奧加斯將紅酒倒入酒杯當中。

杜蘭在一旁看著，依舊皺著眉頭思考。

*

住在海格納的精靈感覺到上空出現好幾股力量，紛紛急忙趕往天空。

「這、這是在幹嘛！」

他們看見上空有好幾個大精靈默默杵在原地，不禁升起一股異樣感。

以前從未發生過這種事。為什麼會有這麼多大精靈們包圍著這個國家呢？

精靈鞭笞自己顫抖的身子振作，等待大精靈回答。

「你是誰？」

其中一個大精靈說話了。精靈為了潤滑乾燥的喉嚨，嚥下一口唾液。

「我是住在這塊土地的精靈。」

「這塊土地嗎？那你是不是知道什麼？」

見對方反問，精靈困惑不已。當他詢問對方是什麼意思時，對方只回了一句：「我在找東西。」

「請問要找什麼？」

「找受詛咒之人。你有看到嗎？」

「受詛咒之人？難道是以前……」

「對。是犯下禁忌的人類的後代。那人圖謀不軌，想對吾等公主殿下不利。」

「你、你說啥！」

精靈下意識露出本性大叫。他隨後馬上謝罪：「很抱歉，在您面前失禮了。」

「吾等原本以為只要在地上走動，總會感覺到氣息……然而要是吾等降落地面，這塊土地便會因為吾等瞬間荒蕪。女王吩咐切不可如此。實在令人煩躁。」

大精靈暴躁地低頭看著地面，精靈害怕得直發抖。

「為什麼……那樣的存在會在這裡？」

「嗯……公主是怎麼說的？留……？哎，也沒什麼，就是互相交換人類。」

「交換人類？」

可以吐槽的地方實在太多，精靈不禁瞪大雙眼，但大精靈還是一臉麻煩地解釋。

說那個人通敵叛國，跟這塊土地的國王聯手，要陷害吾等公主殿下。

精靈聽聞此事，驚訝地瞪大雙眼。

「怎……怎麼會這樣……」

精靈怕得渾身發抖，此時大精靈似乎想到什麼主意，說了一聲：「對了。」

「你們對這塊土地熟嗎？那就來幫我們。」

當精靈們露出「才不要」的表情，大精靈卻輕率如此說道：

「吾等也不想這麼費力。甚至想立刻消滅這塊土地。」

大精靈咧嘴一笑，但他的眼裡根本沒有笑意。精靈看了心生恐懼，身體更是抖個不停。

「居然想奪走吾等寶物，不可饒恕。」

說完，大精靈們在空中各自散開，看著出來他們心中都藏著怒火。

再這樣下去，這塊土地會連人類一起被消滅。

精靈覺得頭一陣暈。

她想起久遠以前的記憶。

一身黑的自己是罕見的存在，那人卻無所畏懼，溫柔地撫摸自己。

他跟那個人約好了。

要永遠……永遠守護這裡。

第五十四話　艾倫的煩惱

艾倫目送羅威爾前往汀巴爾城協商事情後，她在凡克萊福特宅邸的庭院裡，跟凡靠在一起。

艾倫最近不太有精神，旁人都很擔心。

羅威爾知道原因，希望大家暫時別去煩她，眾人儘管覺得心急，還是默默守候著。

豐收祭結束後，所有人都沉浸在慶典餘韻中，但只有艾倫彷彿已經回到現實，顯得非常安靜。

她偶爾會思考事情，一臉心不在焉，而且常常仰望天空。

現在是上午，拉菲莉亞在訓練場。艾倫跟她約好下午一起玩耍，但艾倫這段時間什麼都沒做，只是埋在獸化的凡的毛皮中，仰望天空打發時間。

天空的雲朵緩慢流動，完完全全感受不到這個國家距離戰爭只有一步之遙。

「……艾倫小姐。」

一旁的凱出聲呼喚，艾倫於是抬頭面對他。

艾倫疑惑地問他怎麼了，凱卻是一臉擔憂地開口。

儘管羅威爾吩咐先別煩她，但光是平常笑口常開的艾倫少了一點笑容，就讓人痛心疾首，凱實在無法放著不管。

「您最近沒什麼精神。」

「……我有嗎？」

「您有什麼煩惱嗎？如果不嫌棄，我可以聽您訴苦喔。」

「…………」

「那個……我不會勉強您說。」

「……沒關係。對不起，讓你擔心了。我該告訴你嗎……我明明都知道……我不能憑自己的任性決定這件事。」

「……是。」

「你知道爸爸去王城的理由嗎？」

「知道。是為了艾米爾公主吧。」

「那你有聽說爸爸跟我或許被盯上的事嗎？」

「有。當家大人嚴格命令我，絕不能離開您身邊。」

「嗯……謝謝你。」

「哪裡……難道是我隨侍在側，讓您覺得煩悶……？」

「咦！不、不是啦！」
艾倫用力搖著頭否定。倒是凡大笑了三聲。
「公主殿下，您要是覺得這小子很煩，請您告訴吾。吾會免了他的職。」
「喂！」
「慢、慢著！你不要這麼做！」
艾倫慌張阻止，凡依舊笑著說艾倫隨時可以開口，這讓凱不服氣地說：「你說什麼鬼話？」同時捶了凡一拳。
「你幹嘛啊！」
「討厭～！不要吵架！」
這兩個人明明很有默契，但有時回過神來，又會為了一點小事爭吵。
艾倫整個人趴在凡的臉上，凡就這麼乖乖趴在地上，不再針鋒相對。
艾倫看著彼此互瞪的凱和凡，不禁苦笑。
「我跟你們說，我不是精靈嗎？」
見艾倫突然開口，凱和凡也有所收斂。他們一臉認真地示意艾倫繼續說。
「其實我不能跟人界有這麼多牽扯。」
「咦……」
凱啞口無言，凡卻說：「這是當然的。」

「公主殿下是精靈界的下一任女王。人類與公主殿下交談本身就是一件不自量力的事。」

這樣你懂了嗎——凡如此提醒凱，凱卻始終睜大雙眼，無言以對。

之前他們拜託精靈們幫忙時，精靈們說了：

『都是因為公主殿下長時間沉浸在人界之中。』

『如果公主殿下老是幫助人類，未來令人擔憂。』

艾倫從他人口中聽說這回事，不禁反省應該多加思考自己的立場。

「……精靈的力量很強，帶給人界的影響也很深。我以為是為了大家好而做出來的東西也是，其實根本不該創造出來。所以才會造成混亂，讓國家動盪。」

雖說有獲得奧莉珍的許可，她卻不能就此大意。

凱對艾倫所說的有頭緒，不禁皺起眉頭。為了爭奪艾倫的藥而掀起的騷動，凱至今記憶猶新。

艾倫內疚地開口：

「我們必須圓滑統治這個世界。明明不是為了發起爭端的存在，卻因為我亂了套。」

「怎麼會……！」

凱明白艾倫沒有明確說出口的事，因此一陣心慌。

艾倫的煩惱是，自己成為紛爭的源頭。

「艾倫小姐，您不能如此想不開！」

「……我什麼都還沒說耶。」

「不！您心地這麼善良，一定會決定離開人界！」

凱猜得一點也沒錯，令艾倫感到胸口一陣悶痛。

因為她正在煩惱應該不告而別，還是確實道別再離開。

「自從您和羅威爾大人來到這塊土地，幸福就此降臨了。」

「……怎麼會……」

「您們斬斷侵蝕凡克萊福特家的元凶，拯救了我們。您的藥也拯救了不計其數的人。請您別說您要離開！」

凱以急迫的表情牽起艾倫的手。

「我想守護您。想待在您身邊！」

「咦……？」

「要是您走了，凡克萊福特家的所有人都會傷心！」

艾倫想起笑著和她聊天的伊莎貝拉等人的臉。

她的腦海裡不斷掠過許多人的臉，自己的面容也隨之緊皺扭曲。

「可是……嗚……再這樣下去，戰爭會開始……！」

艾倫的眼淚一滴一滴往下掉，凱見狀，摟過她的肩膀。

「我不會讓那些被您的恩惠利慾薰心的人為所欲為。我……我們會保護您。」

被凡一瞪後，凱心不甘情不願地改口。但艾倫並未發現這點，因嗚咽而泣不成聲。

「對不起……可是我也……」

我也不想跟大家分開——她說出了真心話。

艾倫始終很煩惱。身為精靈，身為女神。以及身為擁有人類靈魂的人。

每當過往的記憶被新的記憶壓縮，漸趨朦朧時，她就會陷入一股寂寞的心境中。

明明不想忘記，卻逐漸想不起那些重要之人的記憶。

艾倫和轉生前的重要之人的聯繫，只剩下記憶了。她現在的狀況就跟這件事一樣。

精靈和人類的時間流逝速度不同。活在人界的人，會迅速衰老。站在精靈的角度來看，人的存在稍縱即逝。

艾倫覺醒為女神後，對自己的立場已有自覺，但因為時日尚淺，決心並不明確。

羅威爾已經決定以精靈的身分活下去，所以對人界的劃分做得很清楚。

這明明是最正確的選擇，卻因為艾倫單方面任性，希望羅威爾能好好珍惜家人，才顛覆了他的選擇。

她根本沒有想到戰爭會因為他們爆發，甚至出現想危害家人、想要了他們的命的人。

如果真的重視人界的家人，艾倫和羅威爾就應該離開。艾倫明明有此自覺，卻無論如何都不想離開。

「對不起……對不起……」

艾倫在凱的懷裡邊哭泣邊道歉，凱卻笑著說她沒有必要道歉。

「沒關係。您這樣就可以了。絕對不能離開喔。要是大家聽到您這麼說，一定會罵您。」

凱溫柔地撫摸艾倫的頭，艾倫也靠著他撒嬌。

多虧有凱，始終盤據在艾倫心中的罪惡感已經逐漸得到消化。

她依靠著搓揉自己背部的凱，漸漸恢復冷靜。

當她好不容易停止哭泣，原本停滯的思緒也開始轉動。她頂著紅潤的雙眼，總算發現此刻的狀況，有些心急地扭動身體。

「……艾倫小姐？」

「那、那個……對不起。凱，謝謝你……我……」

艾倫總算注意到，現在從旁人的角度來看，應該只像哥哥在安撫鬧脾氣的妹妹，然而一旦被熟人看到，凱絕對吃不了兜著走。

但凱卻緊緊抱著艾倫，彷彿不許她離開。艾倫只能不知所措地眨了眨眼。

不過這時候，就在旁邊的凡發出微詞：

「你給吾適可而止，小子！」

「……你少來礙事。」

艾倫聽見凱這聲從頭頂傳來的呢喃，感覺就像個不認識的人。

「那、那個……凱？」

當艾倫不知該如何是好時，她的身後傳來腳踩在草地上的聲音，驚覺這點後，他們紛紛往後方看去。

只見渾身不斷顫抖的拉菲莉亞就站在那裡。

「拉……拉菲莉亞？」

「在幹嘛……這是在幹嘛啊……！」

拉菲莉亞結束訓練，回到宅邸後，一定是馬上詢問了艾倫的所在地，然後跑來。

但她在現場看到的光景，卻不禁讓她懷疑自己的眼睛。

（啊……她一定是誤會了！）

艾倫整張臉脹紅，急忙掙扎，想逃離凱的懷抱。

拉菲莉亞看了，熟練地取下固定在雙腿皮套上的鐵棒，合二為一後，組成一支長棍。

她接著靈活地旋轉甩動。

那是艾倫替拉菲莉亞製作的警棍。

「艾倫這麼不情願，你還逼她！」

聽見這道壓迫人的聲音，他們三人的身子都顫抖了一回。仔細一看，拉菲莉亞的嘴角已經上揚。

艾倫看她已經進入戰鬥模式，並以非比尋常的模樣慢慢靠近，不禁慌了手腳。

「妳、妳誤會了，拉菲莉亞！」

然而艾倫一走近，拉菲莉亞便發現她的眼角泛紅，針對凱的殺氣更是不斷膨脹。

「你把艾倫弄哭了是吧！」

「好啊，小姑娘。幹掉他！」

凡化為人形，在第一時間奪回艾倫，離開現場的同時，還不忘煽風點火。

「不、不是啦，我是找凱商量事情啦。只是越說越激動，就哭了……」

「……商量事情？」

「嗯，就是……」

拉菲莉亞聽了艾倫的話，瞬間收起殺氣，但凱卻拔出自己的劍，與拉菲莉亞對峙。

「凱！」

「艾倫小姐，您把這種一誤會就只會橫衝直撞的傢伙留在身邊太危險了。」

「什麼——！你以為你是誰！而且要商量事情的話，還有我在啊！你不過是個護衛，竟敢強出頭，簡直不要臉！」

「連艾倫小姐很沮喪都沒發現的人，怎麼有臉說這種話？算了，無所謂。反正我早就覺得總有一天必須跟妳做個了斷。」

「我就是發現了，才會用最快的速度趕回來啊！你真的讓人很火大耶！」

拉菲莉亞和凱之間迸出激烈的火化，艾倫不禁一臉鐵青。都怪自己哭泣，拉菲莉亞才會誤會。

這時凡阻止了慌張的艾倫，將她留在原地。

「不管您說什麼，那種人就是會誤會，所以讓他們動手吧。」

人在激動之際，不管說什麼都沒有用。

據凡所說，他們兩人常常互爭高低，只是艾倫沒有發現。

這兩人的戰鬥就這麼突然展開，艾倫只能在一旁不斷尖叫。

後來，艾倫哭得一發不可收拾，大肆破壞庭院的拉菲莉亞和凱，則是雙雙被索沃爾教訓了一頓。

*

羅威爾在汀巴爾城收集情報，由於負責的工作是與大精靈聯繫，他一待就再也走不開了。

眾多的大精靈前往海格納後，就沒再回來。因為無法降落地面，搜索因此窒礙難行。

羅威爾吩咐艾倫，在有動靜之前，都要在精靈界等待。
艾倫回到精靈城後，大概是哭累了，所以小睡了一會兒。
醒來後，她發現臉有些浮腫，於是來到露台，想吹吹冷風。
獸化的凡見艾倫在自己房間的露台上再度仰望著星空，放輕腳步，從外頭來到她的身旁。
「公主殿下，您醒了嗎？」
「凡……」
艾倫首先就讓他擔心這件事道歉。她的聲音已經比白天還要開朗了。
艾倫跟凱商量後哭了出來，後來凱和拉菲莉亞針鋒相對，又讓她嚎啕大哭。
拉菲莉亞和凱都被索沃爾臭罵，說他知道他們是想替艾倫打氣，但怎麼能反而把她弄哭呢？被罵的兩個人都是一陣沮喪。
當艾倫抬起滿是淚水的臉龐，發現拉菲莉亞他們一臉擔心地看著自己。索沃爾、伊莎貝拉、羅倫，還有宅邸的傭人們都很擔心她。
大家這麼擔心她的心意，讓她很高興，結果又哭了。
索沃爾等人後來從凱口中聽說了來龍去脈，這麼告訴艾倫：
『艾倫，妳不用想這麼多。鄰國一開始就打著只要有一點可乘之機，便要發動戰爭的打算。如果大哥沒有回來，汀巴爾早已陷入戰火之中。』

索沃爾這席話，讓艾倫婆婆的淚眼瞬間瞪大。

『因為妳叫大哥回來，他現在才會在這裡。以結果來說，確實延遲了開戰的時機喔。妳做的還不只這個，妳療癒了受傷的領民。針對領地的作物和儲備，妳給了我們智慧，豐富了人們的生活。這些怎麼會是麻煩呢。』

艾倫覺得因為有她在，才會給人帶來麻煩。然而周遭的人卻不這麼想。

伊莎貝拉說，艾倫替她帶來幸福；羅倫說，艾倫是個可愛的孫子。

女僕們說，艾倫將所有人從有艾齊兒的地獄當中救出來了；凱也很感激艾倫救了他的父親。

『艾倫！事到如今，我說什麼都不許妳離開我們喔！』

拉菲莉亞一邊哭，一邊緊緊抱住艾倫。

面對這些溫暖的言語，艾倫一邊道謝，一邊大哭。

凡不發一語，像往常一樣靠近艾倫。

「……您稍微冷靜一點了嗎？」

「嗯。可是……」

以精靈的立場而言，這是不允許發生的事。艾倫大概是想到這一點，面容再度蒙上些許

陰影。

「公主殿下保持現在這樣就好了喔。」

「凡？」

「吾會掃光所有危害您的事物。請您照著自己的意思行動吧。」

「凡……」

「吾等的王可是守護一切的存在喔。」

所謂的一切，不只精靈，而是這個世界所有的生物。

艾倫察覺凡這是在告訴她何謂女神後，目不轉睛地看著他。

接著輕輕笑了。

「謝謝你，凡。」

「呵呵，您的表情就該如此。」

艾倫依偎著凡的脖子磨蹭。

所有人都告訴她「她可以撒嬌」，她才感覺到自己原本動搖的決心已經穩固。

（我絕對……不會讓他們開戰。）

艾倫在心中下了新的決定——一定要擊潰艾米爾他們的企圖。

第五十五話　他們的真面目

法歐村從一大早就不太對勁。

村人們圍在井邊，竊竊私語交談。平常愛聊八卦的通常都是村中女眷，今天卻連男人們也壓低了聲音參與。

見村中的氣氛和平時不同，尤伊困惑不已。

「發生什麼事了啊？」

一旁的提茲也一臉不解。但要是隨便介入，便會耽誤前往打鐵工坊的時間。

他們一邊小心不和麻煩事扯上關係，一邊快步前往麵包店，買午餐要吃的麵包。結果卻發現麵包店前圍著一大群人。

兩人不知道發生了什麼事，皺著眉靠近查看，同時聽見村人們的談話。

「……所以意思是麵包跟肉都買不到了？」

「傷腦筋……」

簡單來說，有人包下所有商品，使得村人什麼都買不到。

麵包店和肉鋪在村中都只有一間。一大早在路邊擺攤賣的，也幾乎是作物。

其實也有人會自己烤麵包，但早市的活潑氣息是村中唯一的娛樂。

即使想詢問細節，所有人卻離店鋪有好一段距離觀望著。

當尤伊以為店裡有什麼無法靠近的東西在，而從人群中探出身子，往店裡窺探時，提茲卻發現了什麼，急忙抓住尤伊的手。

（尤伊大人，不行！請跟我來！）

尤伊就這麼被提茲拉到身後藏著，讓他詫異地瞪大眼睛。

接著提茲拿出帶在身上的布，蓋在尤伊頭上。

尤伊從布的間隙窺探著外面。好像有人從麵包店走出來。旁人一邊竊竊私語，一邊皺著眉頭往那個人看去。

那些從店裡走出來的人們，只要看一眼就會知道是什麼身分。是貴族。

既然對方是貴族，就算想抱怨，也不敢抱怨了。而且肉鋪也一樣被貴族包下了。

雖然還有一早新鮮的蔬菜，稀有的水果卻全被買光了。

照理來說，如果會演變成這種事態，應該會提前告訴店裡的人，請他們另外準備。既然現在鬧成這樣，代表事情一定很緊急。

疑似護衛的人們在村人們遠遠圍觀之中，聽從貴族的指示，一一將買來的東西堆上貨車。

當兩台馬車載滿東西，貴族們看都不看村人一眼，直接離開了。

貴族離開後，戰戰兢兢往店內看的人都嚇傻了。

店裡空空如也，商品架上什麼也不剩。店鋪的老闆還一副暴風雨過後的表情，茫然地站在原地。

村人們詢問老闆到底發生什麼事了，老闆卻直搖頭，說他也不知道。

（這是怎樣？）

（不知道。我們先回家吧。照這個情勢來看，那幫傢伙說不定也會跑去打鐵工坊。）

尤伊和提茲互相點了點頭，壓低了身子，悄悄走上小路回家。

他們確認好窗簾有沒有確實拉上後，假裝不在家。

「為什麼他們會來這種小村落……？」

「就算是來打鐵工坊拿訂做的東西，也太早了。而且買光所有麵包、肉、水果……實在太不正常了。」

「……到底是怎麼了？」

尤伊不解地看著把話說完就不再出聲的提茲。但提茲只是保持沉默，始終思考著。

他這時候才想起，最近王都那邊也有些詭異的傳聞。

說什麼，王族雖是和精靈同進退的一族，自從現任國王即位之後，該精靈卻消失了。

而蒙受精靈詛咒的鄰國，卻彷彿在嘲笑本國精靈消失一事，每隔約二十年就會出現和大精靈締結契約的人。因此國王對鄰國非常氣憤。

難道是因為國王想開戰，貴族才會來這裡，要工匠趕快把劍交出來嗎？

（不對……我可以理解為了開戰，不惜委託這種邊境的打鐵工坊鑄劍，可是不可能派遣貴族駐地。應該會要求我們做好了就快點送去。到底發生什麼事了？）

提茲轉動腦袋思考，但依舊搞不懂國王和貴族在想什麼。

最近也沒見到「她」。以前每當見不到「她」，提茲就覺得會發生什麼不好的事。

「尤伊大人，我有不祥的預感。」

「真巧。我也是。」

尤伊聳了聳肩，說聲「傷腦筋」後，嘆了口氣。

照顧尤伊他們的老爹在鑄劍這一行，其實是個名人，甚至有很多人會前來叩門學藝。

如果貴族們是為了武器跑來，那他們還能理解，但就算是這樣，貴族們的舉動依舊詭異。

「難道說……」

「不對，我覺得有點不一樣。如果真是如此，應該會先派刺客過來。」

「……你說得對。」

尤伊想起從前，表情明顯蒙上陰影。

提茲雖然注意到了，卻刻意假裝沒發現，從隱藏式架子上取出各式刀子，一一配在身上。

「我出去偵查。請尤伊大人到地下室。」
「……好。」
這是出事時的約定。見自己凡事都要倚靠提茲，尤伊覺得自己實在很沒出息，只能開口道歉。
這時候，大門傳出「喀哩喀哩」的爪子聲。這聲音是「她」。
提茲以熟練的手勢，將門打開一個縫後，有個黑色的生物闖了進來。
見到「她」，尤伊明顯露出開心的表情。
「妳之前都跑去哪兒啦？」
「她」就像要回答尤伊一樣，「喵～」了一聲，接著磨蹭尤伊的腳，罕見地開始撒嬌。
「她」平常都不給人摸，今天卻用尾巴纏著尤伊的腳催促，彷彿說著：「要摸也可以喔。」這讓尤伊忍不住笑了。
「尤伊大人，您可以跟她一起待在地下室嗎？」
「好，我知道了。提茲，你萬事小心。」
「好。那我走了。」
尤伊目送提茲靜悄悄地走出去，然後鎖起大門。
接著他打開暗門，眼前便出現通往地下的樓梯。

「她」腳步輕盈地往地下走去。見「她」熟稔地走在沒有光線的階梯往下，尤伊急忙準備提燈以及簡單的食物和水瓶。

再次確認門窗都關好之後，他小心不要踩空，緩緩地下樓。

*

尤伊拿出地下室原本就有的毯子，「啪」的一聲攤開。

木箱裡藏有武器等東西。他打開箱子，一邊清點數量，一邊將隱藏式匕首和劍配在身上。

黑貓在一旁直盯著看。她的身體融入房間角落的黑暗中，只有貓眼反射著提燈的亮光。

「我們最近都沒見面，妳去哪兒啦？」

尤伊裝備完畢後，將毯子鋪在地上，坐在黑貓旁邊。

他搔著黑貓的下巴，黑貓也隨之發出呼嚕聲。

在這樣不安穩的氣氛當中，原本毛躁不已的心情已逐漸被撫平。在提茲平安回來之前，他的不安都不會消失，但是因為和「她」在一起，尤伊非常開心。

他在這裡待多久了呢？

在昏暗的空間內，一分一秒等待的時間都顯得冗長。

（快點回來吧……）

尤伊的內心逐漸被不安壓垮，嘆息已經越來越多。

「！」

這時黑貓突然抬起頭，看著上空。

「……怎麼了？」

尤伊戰戰兢兢問道，這時黑貓突然衝上樓梯，不斷抓著封閉此處的蓋子。

「妳……妳想出去嗎？等我一下。」

尤伊急忙推開蓋子，黑貓就這麼從小縫鑽出去。尤伊看她離開，心中升起一絲不捨，但接下來黑貓又開始抓通往屋外的大門了。

「妳……妳等我一下。」

尤伊匆匆忙忙將蓋子完全打開，然後爬出來，但在這段期間，黑貓已經開始用身體碰撞眼前這扇遲遲不開的門了。

「妳、妳是怎麼啦！」

尤伊第一次看到黑貓這個樣子，整個人都慌了。他急忙打開大門後，黑貓一溜煙就衝了出去。

尤伊總覺得，提茲就在她趕往的地方。

「……出了什麼事嗎？」

尤伊一臉鐵青。然後腳開始顫抖，呼吸開始紊亂。他的腦中浮現雙親死亡的瞬間。

恪守護衛身分，從不僭越的提茲。從小就玩在一起的提茲。總是把尤伊放在第一順位的提茲。

……在尤伊差點被壞人殺死時，救了他的提茲。

要是他死了，尤伊就真的孤苦零丁了。到時候還有活著的意義嗎？

尤伊定睛看向前方，開始往前跑。追著已經不見身影的黑貓。

*

提茲藏身在樹木之間，與緩慢往前的貴族馬車保持一定的距離，持續追蹤他們。

由於馬車載著許多食物，所以貴族以外的護衛們只能徒步走在回程的路上。這對提茲來說正好。

為了守護馬車，騎著馬的護衛們四散在周圍。

他們從頭到尾都一邊環伺周圍，一邊移動。以一輛只坐著貴族的馬車來說，他們這樣實在過度警戒。

後來他們不知道移動了多遠。

這條路通往鄰鎮，卻是一條未受整備的單行道。他們突然偏離道路，往森林中行駛。

然而馬車受到樹根阻擋，當他們明白再也無法繼續走時，護衛們將載貨台上的東西移到馬匹上，只搬著貨物繼續往前。

從馬車走下來的貴族做出某些指示後，有個人接著上馬，先往森林深處去了。

（……這是在幹什麼？）

護衛們一邊確認貨車的貨物，一邊逐一將布袋搬到馬匹上。布袋掛在馬鞍左右兩邊，讓馬匹不穩地晃動，所以護衛們也自行扛起一些貨物，手牽著馬，徒步往裡頭走去。

儘管大部分的人都把心思放在貨物上，從護衛們整齊的行動來看，依然不能大意。

當提茲從遠處確認護衛的數量和位置時，他看見有些護衛在一旁休息。

提茲悄悄來到男人們背後，利用樹叢藏著自己的身體，側耳傾聽他們的對話。

「……話說回來，為什麼要搬到這種地方……」

「這也沒辦法啊。這裡是薄人尤其多的地方。考慮到精靈的怒火……」

男人們嘴裡說的「薄人」，是指髮色明亮的人。

在這個國家裡，受到精靈影響，崇尚暗色調。像尤伊那種天生金髮的人，會被貴族厭棄，然後被迫來到這個法歐村。

當初就是覺得這裡正好適合藏匿尤伊，所以才會移居此處。貴族通常歧視和精靈沒什麼緣分的薄人，會來到這種邊境村落本身就很奇怪。

但倘若是衝著尤伊而來，他們的行動又太過醒目。

「居然要當那個叛徒的護衛，我們也真是不走運……」

「國王說過，這是為了將那一族的人趕盡殺絕。現在也只能忍耐了。」

「難道你不想知道他們惹怒精靈的理由嗎？我實在很擔心會不會牽連我們這些做護衛的……」

「別說了……大家都很怕啊……」

男人們壓低聲音，面容嚴峻地說著。

提茲聽完只覺不解。

（……叛徒的護衛？）

這些男人究竟在擔任誰的護衛呢？

從對話跟服裝來看，應該是侍奉國家的騎士。如果那個有身分的人是「叛徒」，那他們是在護送罪人嗎？

（惹怒精靈是什麼意思？）

疑問一個又一個接連浮現。

儘管這個國家的人厭惡薄人，卻也不會把他們當成罪人。因為國外多的是擁有那種特徵的人。

只不過是這個國家崇尚黑髮罷了。可是助長這樣的教誨，一口氣擴大歧視的人，就是當今國王。

說薄人沒有精靈的加護。說他們被精靈捨棄了。

如果是在其他村落，會因為得不到精靈的恩惠，受到惡意排擠，但法歐村有不少薄人，所以不會有這種事。

在法歐村中，盛行「不能氣餒，反而要更努力」的思想。

以「要致力工作，獲得精靈認可」的精神收留薄人。

叛徒的護衛，惹怒精靈的理由。這到底是什麼意思呢？

（……等等，國王是不是說要把那一族的人趕盡殺絕？）

說到這個國家的國王厭惡的一族，連想都不用想。再加上「惹怒精靈」這句話，提茲只覺得自己的想法獲得了肯定。

（難道說……）

不祥的預感變成確信了。提茲輕輕往後方移動。當他來到安全的位置，在腦中描繪出這附近的地圖。

貴族前往的方向，有一條面向山麓的小河。提茲認為他們應該是把糧食運到那裡了，因此決定迂迴繞點路，到那個地方確認。

提茲走了一會兒，就發現那群人了。他們擅自開闢森林深處的林木，就地野營。

拿著食材回來的人們急忙開始料理。而且他們先烤了肉，所以這一帶充滿了香氣。

明明避人耳目，卻又正大光明烤肉。提茲原本以為他們在躲著什麼，但實際做的事又跟想像大相徑庭，讓人困惑不已。

這時候，提茲看到接過烤肉的人，訝異地瞪大雙眼。

（女僕？有女僕在嗎？）

這難以置信的光景，不禁讓提茲退了一步。女僕穿著彷彿在宅邸工作的服裝，一臉鐵青，搖搖晃晃地走進華美的帳篷中。

隨後，一道怒吼聲傳出，音量大到在遠處也聽得見。

（什……！）

怒吼聲是女人的聲音。接著一道女性的慘叫聲傳出，幾乎要蓋過怒吼聲。四周的男人們都一臉「又來了」的表情。

這時候女僕突然逃出帳篷。為了追上她，一名身材渾圓的人物追了出來，揮舞著手上的鞭子。

鞭子隨著怒吼一同落下，沙啞的慘叫聲就這麼在周遭迴盪。那人不停地、不停地、執拗地揮下手中的鞭子。

沒有人挺身保護女僕。眾人只想相安無事，緩緩地從現場退開。

（怎麼會，那是！）

倏地，身材渾圓的人身上出現了宛如龍捲風那樣的黑色漩渦，往天空直衝而上。

「嗚咕！」

龍捲風裡出現無數慘白的小手，與迴盪在四周的尖叫聲互相共鳴。

「唔啊啊啊啊啊啊！」

從龍捲風裡傳出的尖叫，直擊提茲的腦袋。

他聽得見自己的血液流動時發出的「咕嚕」聲。同胞哭泣的慘叫聲令他心痛。他用顫抖的手用力抓住心臟一帶。他的瞳孔大大敞開，眼球迅速充血。

（糟……了……！）

提茲急忙逃離現場。他必須不顧一切，逃離那個地方。

剛才太專心觀察男人們，以致沒注意到一件事。

這座森林的精靈全不見蹤影。

＊

尤伊找到跑在眼前的小小身影後，加快速度趕上。

（我心裡怎麼這麼亂……！）

黑貓突然偏離道路，鑽進森林裡。雖然是條野獸走的路，尤伊還是小心別被樹根絆倒，拚命跟在黑貓後頭。

黑貓停下來的地方，有個人就倒在那裡。那是提茲。

「提茲！你怎麼了！」

尤伊已經顧不得他是不是護衛，自己是不是被人盯上。他只知道提茲倒在眼前，手壓著心臟，看起來很痛苦。

接著不知怎麼了，提茲的身體開始發光，然後逐漸縮小。

最後眼前只剩一隻虎斑貓。

「提……提茲……？提茲……變成貓……？」

尤伊的腦袋跟不上眼前發生的事。但這隻貓癱在地上，一動也不動。

『快點從這裡逃走！』

「咦！」

黑貓「她」突然說話了。

尤伊這次真的僵在原地，只見黑貓試圖咬著虎斑貓的脖子，想把他拎起，卻失敗了。

尤伊見狀，這才回過神來，急忙用雙手分別摟著虎斑貓和黑貓，離開了森林。

＊

尤伊回到家裡，讓虎斑貓躺在床上。

不一會兒，當不省人事的虎斑貓醒來的瞬間，尤伊忍不住大叫：

「提茲！」

『這裡……是……』

尤伊的面容緊皺扭曲，打從心底吐出安心的氣息。

「幸好你沒事。」

『尤伊大……』

當提茲接著要說出「人」的時候，他這才察覺自己的聲音跟平常不同。

『啥！』

「原來提茲你是一隻貓啊。」

尤伊一邊苦笑，一邊撫摸提茲的頭，讓提茲甩了甩頭。

『既然被您發現了，那也沒辦法。』

黑貓一躍，來到提茲身邊坐下。並用長長的尾巴圈著自己的四肢。

「……你願意解釋一下嗎？」

尤伊苦笑，提茲則是抬頭仰望黑貓。

『奴和那個人約好，會守護這個國家。奴是掌管夜晚的精靈，羅雷。』

『……我是羅雷大人的眷屬，提歐茲。是跟您母親締結契約的精靈。』

面對這突如其來的真相，律爾——尤伊完全愣住了。

在他眼前的是他一直視為家人的存在。

尤伊因為髮色較淡，說什麼跟精靈的緣分淺薄，一直遭到旁人避諱。甚至連兄長都疏遠他，將事情偽裝成意外，殺了所有家人。

他所愛的事物都被異母哥哥奪走，後來卻是精靈拯救了孤苦零丁的他。

「為……為什麼……」

掌管夜晚的精靈——羅雷。

她的名字跟象徵這個國家的精靈一樣。所以她才覺得不能公布，一直絕口不提。

「……不對，我在內心深處好幾次都在想會不會是這樣，可是說不出口。總覺得一說出口，妳可能就會離我而去……羅雷妳是跟王兄締結契約的精靈吧？」

『…………』

「為什麼要救我？不對，以前的事情根本無關緊要。提茲為什麼會昏倒？發生什麼事了？」

『照理來說，只有大精靈才能人化。我是借助羅雷大人和艾雷大人的力量，才得以維持人形……』

『他是被詛咒波及，才會昏倒。暫時沒辦法變回人形了。』

「詛咒？」

『這座森林裡，有受詛咒的人。』

即使聽了羅雷的話，尤伊還是歪頭不解。

『以前有蠢人虐殺精靈，他的後代因此受到詛咒。詛咒會奪走我們的意識。』

「虐殺精靈之人的後代……？妳說這樣的人在森林裡面嗎？」

『對方是鄰國王族的後代。都是那傢伙害的！害得這個國家會消失！』

見羅雷突然如此激動，尤伊訝異不已。

「等一下，為什麼會消失？抱歉，我希望能好好解釋一下。」

『尤伊大人，那個貴族並不是刺客。但他藏匿受詛咒的汀巴爾王族。另外，那些向打鐵工坊訂製的武器數量，恐怕都會成為戰爭的火種。』

「什……」

『那幫人想用受詛咒的人交換公主殿下！大精靈大人為了公主殿下，現在是怒不可遏！』

交換人類——剛剛羅雷才如此大叫。

大精靈所說的「交換」，被羅雷曲解成另外一種意思，但現場也不可能有人能訂正這件事。

「交換？公主？大精靈？」

尤伊陷入混亂當中。他完全聽不懂羅雷想表達的意思。

細細詢問後，尤伊得知國王綁架鄰國王族，提出以精靈界的公主交換。

但大精靈們為了公主，現在正在尋找被抓走的王族。

『大精靈大人非常生氣！說他們想消滅這個國家！』

現在有許多大精靈在上空，以氣瘋的眼神尋找王族。

他們原以為既然對方被詛咒，那應該找得到，但他們距離地面太遠，完全找不到人。

「如果把那個王族的所在地告訴大精靈，會怎麼樣呢？」

『他們會殺死受詛咒之人嗎……？』

尤伊和提歐茲都陷入混亂。然而一旦殺死受詛咒之人，海格納和汀巴爾毫無疑問會開戰。

但如果用人類交換精靈公主，或許會變成精靈和汀巴爾開戰。

倘若鄰國陷入戰火當中，一定會有難民蜂擁而至。畢竟戰爭不可能控制在一個國家內。

人們的不安會傳染。如果汀巴爾出現「都是這個國家害的」的聲音，鄰國國民的仇恨恐怕會針對他們而來。

無論如何，再這樣下去，一定會演變成戰爭。已經無法避免國家動盪了。

「國王……王兄到底在想什麼？」

『…………』

不管事情往哪邊發展，都會變成戰爭。所以他是為了獲得一個名正言順的理由，才把汀巴爾的王族綁來這裡，藏起來嗎？

那一族的人惹怒精靈，因此被詛咒，而那一族與國王的祖先相同。

正因為他們重視精靈，才更不想讓人覺得自己和那一族一樣，這點尤伊可以理解。由我們代替精靈肅清那一族——但國王這種打著旗號，一有機會就發起戰爭的做法，卻也難以稱作正義。

「站在前線的人可不是國王，而是人民啊……」

尤伊握拳，因憤怒而顫抖。

「他是想踩在父王、母親……還有眾多人民的屍體上，主張這都是為了精靈嗎……？」

『尤伊大人……』

尤伊想起為了保護自己，而被殺的人們。那些人以沙啞的聲音懇求尤伊快點逃。

尤伊不懂自己的王兄為什麼要做這種事，比起憤怒，悲傷反倒比較強烈，因此一直悲觀地活著。

尤伊的腦中掠過已死的心愛之人，還有現在照顧他的村裡的人。

再這樣下去，活在這個國家的人們將會全數犧牲。

又要被奪走了嗎——尤伊的腦袋因為怒氣，染成一片血紅。

「如果他們是惹怒精靈的一族，為什麼那塊土地會充滿精靈的恩惠？王兄所說的話根本前後矛盾！難道他以為精靈希望我們這麼做嗎？愚蠢至極！」

尤伊拋出這席話，提歐茲和羅雷只是默默聽著。

下一秒，他露出下定了某種決心的眼神，拿起靠在桌子旁的劍。提歐茲見狀，頓時慌了

手腳。

『請您慢著！難道您……』

「既然元凶在這裡，我就把人送回去。羅雷，幫我帶路。」

『不可以！您不能靠近！』

見提歐茲一臉蒼白，拚死阻止自己，尤伊盡是不解。

如果是平常，他都會默默跟著自己，現在這是怎麼了？

儘管提歐茲想以站不穩的身體阻止尤伊，卻馬上倒在床上。

「提茲！」

『提歐茲！現在還不行。詛咒對我們來說是毒。要是被侵蝕，你會失常啊！』

「毒會侵蝕……？」

『我真是……沒用……』

提歐茲呼吸紊亂，喘吁吁地呼著氣。似乎還有發燒。

尤伊把手裡的劍放在桌子上，來到提歐茲身邊。

『尤伊大人……不對，律爾殿下，我……我們無法靠近受詛咒的人。我對令堂發過誓，一定會保護您。但您越是靠近受詛咒之人，我們就越無法在身邊守護您啊……！』

「提茲……？」

律爾被拚命叫著「別去」的提歐茲震懾，不禁有些退縮。

『詛咒的真面目是同胞的慘叫。我們精靈皆是同根，所以會被那道聲音吞沒。』

「那提茲再這樣下去會……？」

律爾腦中浮現一個可怕的假設，臉色也跟著發青。

『他千鈞一髮沒事。只要繼續靜養，就沒事了。但要是再靠近，提歐茲會被詛咒吞沒，再也回不來。』

「怎麼會……那該怎麼辦才好！要是放著不管，大家都會被殺啊！」

『律爾……』

「我該怎麼辦？我沒辦法就這樣默默看著戰爭爆發啊！」

律爾抱頭苦思，羅雷卻說了：

『用不著擔心。這個國家的上空已經聚集了數百名大精靈。我們可以把地點告訴他們，跟他們交涉。』

但一想到自己的親人做出如此嚴重的事，身為他的親人，理應去賠罪吧？

在上位者做的事，總會把人民捲入其中。

過去和自己一同生活的騎士、僕從、女僕，所有人都遭到無情殺害。

律爾的哥哥能心平氣和做出這種事，還想掀起戰爭。就算大精靈要求他謝罪，律爾也不覺得他會乖乖照做。

他想必會表面上致歉，私底下謀劃惡事。

「……羅雷，可以拜託妳也帶我去找大精靈嗎？」

『律爾殿下？』

『你說什麼？』

「如果王兄的所作所為是起因，那我身為血親，也該替他負責吧？如果這樣能多少幫到大家……如果有我做得到的事……這次我不會逃避，會去面對。」

『律爾……』

為了人民——律爾笑著這麼說的表情，跟她昔日的好友重疊。

這讓羅雷心想：是啊，果然是律爾的作風。

*

尤伊——或稱律爾，有著金髮和碧眼。這也是汀巴爾王族的特徵。

律爾生在海格納，儘管貴為王族血脈，卻天生金髮碧眼。

父親是黑髮，母親是棕髮。然而父親一看到這孩子的面容，便發現了一件事。

律爾長得和始祖王一模一樣。

與羅雷締結契約的始祖王。那位國王的名字，就叫「律爾」。

但在崇尚黑髮的王族中，生出金髮的小孩，母親很快就被彈劾不貞。

在眾人困惑之時，和母親締結契約的提歐茲說出了真相。

他說：「這名嬰孩是繼承了和羅雷大人締結契約的律爾王的靈魂的孩子。」

而羅雷的反應也跟周遭預期的相反，片刻不離這名嬰孩。因為這裡有著好幾百年不見的律爾的靈魂。羅雷非常懷念，非常開心，並稱嬰孩為「律爾」。

後來律爾以始祖王的名字命名，是為海格納．羅雷．律爾。

先王見羅雷片刻不離嬰孩，凡事便以羅雷為第一順位考量。

先王嚮往羅雷，重視羅雷。歷任國王會在即位時，和羅雷締結契約。能即位的人只有王族，而且條件是黑髮。

這樣下去，羅雷恐怕會想跟金髮的律爾締結契約。

然而根深柢固的黑髮信仰不會這麼快就改變。

而且隨著律爾長大，也開始有人流傳，說他跟汀巴爾王族長得一模一樣。

兩者畢竟是同源同宗，只要說律爾是返祖現象，就能說得通。可是汀巴爾的王族當時已經有兩百年沒有能和精靈締結契約的人出現了。

所以有人說律爾跟他們一樣，可能是精靈的庇護即將消失的前兆。

為了守護律爾不被人們的惡意侵擾，先王和母親一起將他藏在邊境的屋中。

當時，羅雷為了保護律爾，也時刻陪伴著。

然而一旦羅雷從王都消失，律爾的立場便會更加艱難，因此先王好說歹說，極力勸她盡

量留在王都。

羅雷這才拜託艾雷幫忙，讓提歐茲人化，要他在自己不在的期間守護律爾。

為了往後行事方便，先王把真相告訴當時還是第一王子的杜蘭。

告訴他要一起保護律爾。也說這就是羅雷的意思。

沒想到竟造就了悲劇的開端。

第五十六話　來訪者

羅威爾委託幫忙搜索的大精靈告訴他，說會帶著看到受詛咒之人的精靈過去。如果談話場所有第三者，艾倫也必須帶著護衛前往，因此凡和凱也一同出席。沒想到當所有人轉移到城中，那裡就像受到侵犯的蜂巢一樣，喧騰不已。

士兵不斷來來去去，感覺好像在找什麼。

「什……什麼？」

艾倫不知道這是怎麼了，不斷四下張望，凱為了讓她放心，笑著說聲：「沒事的。」但艾倫看得出來，雖然凱臉上掛著笑容，內心依舊警戒著。艾倫內心的不安無法消弭，抬頭以擔心的神情看著凱，這時索沃爾迅速往前踏出一步。

「我去看看。」

他叫住一名士兵，對方這才發現他們，立刻敬禮。

索沃爾接著與那名士兵交談了一陣子。因為距離艾倫有一段距離，艾倫聽不見他們在說什麼。

「爸爸，就算找到艾米爾公主了，我們明明是祕密進行計畫，吵成這樣會不會太奇怪

了？」

艾倫這個問題，讓羅威爾發出「嗯——」的聲音，歪頭思考。

搜索艾米爾等人的行動應該是祕密進行才對。因為大精靈捎來聯絡，羅威爾居中當牽線人，安排稍後要跟王族一起進行會談。當艾倫這麼向羅威爾確認，羅威爾這才想起一件事，發出「啊」的一聲。

「爸爸？」

「我這才想起來，大精靈說要帶一個帶路的人來。」

說完，周遭所有人發出驚訝的聲音。

負責聯絡、牽線的羅威爾現在在這裡。如果大精靈突然帶著一個莫名其妙的人物轉移出現，城裡不知情的人不會因此嚇到嗎？

這時候，注意到他們的索沃爾走來。

「大哥，抱歉。我接下來要去尋找入侵者。」

「我就知道。他們先來了，所以造成騷動了嗎？」

「咦？」

索沃爾聽見羅威爾的回應，顯得有些驚愕。

羅威爾接著問：「不是大精靈帶著目擊者來了嗎？」索沃爾聽了，反而愣住了。

「不是，賈迪爾殿下好像把某個人帶進來了……現在正在詢問殿下緣由。」

「叔叔是說殿下嗎？」
「為什麼會扯到殿下？他身上不是有詛咒嗎？」
「……大哥，你在說什麼啊？」
「你才是在說什麼？」
見彼此的對話沒有交集，羅威爾於是告訴索沃爾，精靈把領路人帶來了。
索沃爾聽完，還是搞不懂。
「殿下應該無法靠近精靈，所以應該跟這件事無關吧？」
「這麼說也對。」
「總之入侵者交給士兵去找，我們去找陛下吧。」
「反正只要張設結界，應該就不會出問題了吧。」
羅威爾他們只覺得受不了，覺得殿下這種時候出什麼亂子。
但艾倫總覺得有哪裡怪怪的，只是歪著頭，默默地思考。
當羅威爾催促艾倫到他身邊，艾倫這才抬起頭。
艾倫來到羅威爾身旁，羅威爾也輕輕抱起她。
「轉移到陛下那邊吧。走了。」
一個眨眼後，周遭的景色瞬間改變。
羅威爾等人轉移出現後，身在房間裡的拉比西耶爾開口：「來了啊。」

正當艾倫離開羅威爾的臂膀，準備打招呼時，不禁愣住了。

賈迪爾就坐在沙發上，訝異地看著他們。

「……陛下，那位是誰？」

艾倫未曾移動視線，直盯著那男人問道。隨後，室內的空氣明顯在瞬間凍結。

「艾倫，妳問的是誰？」

在緊繃的氣氛中，拉比西耶爾這麼問著。艾倫聽了，一臉不解地對著跟賈迪爾一模一樣的男人問道：

「請問你是誰？」

因為這句話，周圍的近衛立刻釋出殺氣。他們瞬間包圍男人，並用劍指著他。

與賈迪爾一模一樣的男人急忙開口：

「我都說了！我從剛才開始就一直說你們搞錯了啊！」

「……你是說你不是賈迪爾？」

拉比西耶爾罕見地露出訝異的表情。

他直盯著男人，然後歪頭說：

「搞什麼？是我的私生子嗎？」

「陛下，這玩笑開不得啊！」

在場的宰相氣得大叫。拉比西耶爾於是聳了聳肩。

「沒想到連玩笑都不能開……」

陛下唉聲嘆氣，一旁的近衛們卻是驚慌不已。

因為他們現在知道有個來歷不明的人來到國家中樞。這應該是個更緊迫的狀況，但陛下不知在想什麼，態度跟平常沒兩樣。

「不過你們還真像啊。艾倫，妳怎麼知道的？」

「因為他身上沒有詛咒。」

「……這樣啊。」

那就不是我的孩子了──拉比西耶爾遺憾地說著，近衛們也一改心情，吐出安心的氣息。

「所以你是誰？」

羅威爾抱著有趣的心情詢問，但他的眼裡卻沒有笑意。

男人見狀，緊張地嚥下一口唾液之後，從沙發站起，然後鞠躬。那動作一看就知道接受過貴族教育。

「我的名字是尤伊……不對，以前人們是這麼叫我的──海格納．羅雷．律爾。」

當眾人聽見海格納三個字，室內的溫度彷彿隨之降低。

「律爾……我有聽過。鄰國生下一名淡色王子，但在十幾年前意外去世。那你怎麼會在這種地方？」

「我……」

陛下用眼角看著含糊其詞的律爾，轉而詢問艾倫。

「艾倫，妳怎麼看？」

為什麼要把問題丟給我——艾倫的臉上就這麼寫著，但那也只是一瞬間的事，她偷偷瞄了律爾一眼。

然後雙方四目相交。兩人互看了好一陣子，艾倫張開嘴巴。

以前她曾經跟羅威爾學過這個世界的事。

國家的狀況。周遭各國。何謂精靈。何謂人類。她就像拼拼圖一樣，組合著這些要素。

鄰國和其他各國不同，將黑髮視為神聖。這個信仰來自掌管夜晚的精靈。然後汀巴爾這個國家成立。同源同宗的兩個王族。

「你就是領路人吧？」

「咦？」

「爸爸說過，大精靈把領路人帶來了。」

「對……對，就是我！」

「……他就是領路人？」

拉比西耶爾皺著眉，一臉「為什麼是你？」的表情。

「你已經被當成不在世上的人了吧？明明不惜改名躲起來了，為什麼還要出現在這裡？

難道是從精靈口中聽聞自己出生故鄉的狀況，無法袖手旁觀嗎？」

「……為什麼……」

「被當成死亡的王子。不出現在人前的理由。我看你跟精靈處得不錯……以你的髮色，要在海格納生活，是不是很困難？」

「…………」

艾倫沒有說得很明確。

把黑髮視為神聖的王族，產下色素較淡的王子。他們的自尊越高，就越會隱藏這樣的恥辱。

受到隱匿的王子。被當成逝者的現在。隱姓埋名活著的王子。

這絕對不是什麼好狀況。見律爾訝異地瞪大眼睛，拉比西耶爾笑著說：「這就是發生意外的原因嗎？」

律爾聽他這麼說，不禁咬緊嘴唇。大概是想起了從前，握緊的拳頭不斷抖動。

就在這個時候，外頭傳來吵雜聲。

艾倫因為這道聲音抬起頭，接著室內的門便突然被打開。

「陛下！這是怎麼……咦？」

只見被近衛們帶來的賈迪爾，憤慨地出現在門外。但當他看見裡頭的人，卻僵在原地。

帶著不知道來龍去脈的賈迪爾過來的近衛們，也交互看著賈迪爾和律爾，嘴巴張得偌大。

「……我？」

「咦……怎麼會……是我？」

賈迪爾和律爾目不轉睛地看著彼此。

陛下眼見此景，開心地笑了。

「真是傑作。賈迪爾，你們快站在一起。」

「咦？等等，這是怎麼一回事！你是哪位！」

當陷入混亂的賈迪爾和律爾並排在一起，看起來就像雙胞胎一樣相似。

「真是一模一樣……」

「沒想到竟然如此相似……不過像這樣並排，就看得出來了。」

賈迪爾的氣質充滿知性。但律爾卻不同，有著尖銳的野性。

兩人身高也一樣，不過體格卻完全不同。一邊是受教育的纖細身軀，一邊卻是歷經大風大浪的軀體。兩者臂膀的粗細尤其有著明顯的差異。

而且律爾的膚色較受日曬洗禮。想必大多在外工作。

眾人細細比較著雙方，這時賈迪爾大概是按捺不住了，對著律爾大叫：

「你這傢伙是陛下的私生子嗎！」

拉比西耶爾聽了，不禁大笑。

艾倫等人看著律爾急忙否定，總覺得有些疲累，因此嘆了口氣。

＊

之後，拉比西耶爾重整事態，對賈迪爾說明了來龍去脈。

相較於羅威爾和拉比西耶爾隔著一張大桌子坐著，律爾卻是另外搬了一張椅子坐在別處，身邊還被近衛們包圍，總算回到冷靜的狀態。

賈迪爾聽到律爾的名字，不禁對他的真實身分感到訝異。

當艾倫準備坐在沙發上，卻被羅威爾阻止了。

「妳要坐在我的腿上……」

羅威爾笑著就要抱起艾倫，卻被艾倫一掌揮開。

「爸爸，請你讓孩子獨立。」

艾倫舉步移動，就要自行坐下時，發現眼前的沙發是魁梧的男性專用，因此座位有點高。

艾倫心想，要是照普通的方法，勢必得用爬的爬上去，因此她輕輕飛起，緩緩降落在上頭。只有這種時候，艾倫才會慶幸自己是精靈。

一旁的近衛見狀，死命忍著噴笑的衝動。艾倫的眼角雖然注意到了，卻並未理會，佯裝無事。

而凱和凡則是站在那張沙發後方。

羅威爾的手被打之後，只是愣在原地看著艾倫。一旁的索沃爾看了，大大嘆了口氣。

「大哥你也差不多該把艾倫當成淑女對待了。再這樣下去，你會被討厭喔。」

索沃爾說著，也坐上沙發。此時總算回到現實的羅威爾大叫：

「你幹嘛坐在艾倫旁邊！」

現場有三張並排的沙發，艾倫坐在最右邊，索沃爾則是坐在她的旁邊，也就是正中間的座位。

他這個舉動應該是體貼艾倫，刻意疏遠羅威爾，但羅威爾馬上靈機一動，抓住索沃爾的手，轉移到一旁，自己順勢坐在正中央。

「有夠會應變。」

拉比西耶爾一這麼說，羅威爾便挺起胸膛，彷彿主張著這樣理所當然。

艾倫和索沃爾看到這樣的行動，不禁傻眼。

「羅威爾，你還沒辦法放手啊？艾倫都幾歲了。」

拉比西耶爾說完，羅威爾呼出鼻息回答：

「我才不是沒辦法。是故意不放！」

這正大光明的宣言，磊落到彷彿能聽見「咚」的音效。羅威爾就翹著腳，這麼對艾倫說

道。

只見艾倫皺著眉，一臉「你好煩」的模樣。

律爾看了，只能愣在原地。拉比西耶爾於是一邊嘆氣，一邊介紹羅威爾的身分：「他就是我國的英雄。」

「英雄羅威爾……？」

「沒錯。但內在只是個沒辦法離開孩子的蠢爸爸。」

「是我家的女兒太可愛害的！」

「請爸爸不要推卸責任。我很困擾。」

陛下和艾倫毫不留情地吐槽，但艾倫還肯跟他說話，似乎讓羅威爾很開心，他道著歉，表情也嬌羞地傻笑。

「那我們繼續談吧。你說你是精靈帶來的，那麼那個精靈到哪兒去了？」

拉比西耶爾重新面對律爾，笑著詢問他。

見話題落在自己身上，律爾端正坐姿，開始說明：

「我本來是拜託羅雷帶我來這裡，可是她說她沒有足夠的力氣飛過來……所以就轉而拜託大精靈大人。可是，我在一瞬間抵達這裡之後……傳出了很大的聲響，羅雷他們就不見了。然後騎士們也因為那道聲音趕來……」

「就引發騷動了。」

「是的……非常抱歉。」

「聲音啊……帶他們來的大精靈上哪兒去了？」

羅威爾正想以念話呼叫時，凡便早一步開口回答：

「霍斯閣下身在精靈城。」

「為什麼會在那裡……？」

「他說把他們轉移至城中後，隨行的精靈就被彈開了。因為精靈們直接暈倒，就把他們帶到精靈城裡休息。」

「精靈被彈開？」

索沃爾道出疑問後，羅威爾彷彿想起了什麼，說了聲：「糟了。」

「爸爸？」

「啊……為了不讓精靈靠近……我設了結界……」

羅威爾別開視線，所有人卻都盯著他瞧。

當艾倫詢問：「結界？」羅威爾才一邊嘆氣，一邊解釋：

「為了不讓精靈們不小心接觸到王室的人，我一直張設著結界。大精靈以上是沒問題，可是力量比較弱的精靈面對詛咒，一定會立刻被吞沒嘛……」

羅威爾抓了抓頭，艾倫也接受他的說詞。

王城裡有跟精靈魔法師締結契約的精靈。王室之人也會避免跟他們碰頭，所以魔法師他

們的塔是位在王城角落。

即使如此，還是難保反覆無常的精靈們不會在周圍亂晃。雖然一旦察覺附近有王族這個受詛咒的存在，精靈就會逃跑，羅威爾還是以會發生意外事故為前提，在王族的房間和他們本人身上設下結界。

而且這次運氣不好，大精靈轉移的場所正好是拉比西耶爾的勤務室。所以才會被彈開。

「那羅雷他們沒事吧！」

聽到精靈被彈開後昏倒，律爾實在無法冷靜。

他匆匆忙忙從椅子上站起，本想靠近羅威爾，卻被近衛阻止了。

「精靈在城裡大鬧，說他想來這裡……？」

聽到這句話，凡只覺困惑。

仔細一問，才知道被結界彈開昏倒的精靈在清醒後，很擔心被留在王城裡的律爾，此刻正在大鬧。

「總覺得這種情況好熟悉啊。」

索沃爾這麼一說，在艾倫身邊的男人們立刻別開視線。看樣子都有自覺。

「只要我縮小陛下他們的結界就行了吧。凡，可以把精靈們叫過來嗎？」

「吾這就轉告霍斯閣下。」

兩人說完的瞬間，大精靈突然出現在現場，並隨手丟出羅雷。

『嘎啊！』

羅雷的叫聲響徹室內，近衛們全都反射性將手放在劍柄上。

但羅雷畢竟是隻貓。儘管被丟出來，還是在空中翻轉身體，輕輕落地。

『律爾！你沒事吧！』

當羅雷這隻黑貓發出大叫，眾人紛紛議論。

「羅雷！提茲呢！你們沒事吧？」

律爾鬆了一口氣。

『我把提歐茲丟在那裡了。他應該暫時動不了。』

「他、他沒事吧？」

『我是把他丟在精靈界，所以沒問題的。先別管他，這裡是……』

這時羅雷發現賈迪爾，豎起全身的毛。

『受詛咒的人！』

羅雷露出牙齒嘶吼，律爾不禁慌了手腳。

「你給我差不多一點。受不了……」

霍斯抓住羅雷後頸的肉。羅雷被吊在半空中後，全身瞬間僵直，不知道自己被做了什麼。

不過牠下一秒立刻擺動手腳，大喊著：『還不快放手！』

霍斯的臉和手隨即出現一條條淡紅色的線。想必是羅雷抓出來的吧。

霍斯看了律爾一眼，冷不防就將羅雷往他身上丟。只見羅雷發出『喵啊啊啊啊～～』的慘叫，在空中畫出拋物線，律爾急急忙忙接住牠。

「牠擔心你，一直大吵大鬧。受不了……」

霍斯嘆了口氣後，轉身面向艾倫等人。

「霍斯，辛苦你了。」

「哦哦，公主殿下。原來您在這裡。」

霍斯輕盈地來到艾倫身旁，並低頭致意。這時他像是想到了什麼，對艾倫提出要求：

「公主殿下，您不給我那個嗎？」

「哪個？」

「就是咒語。」

霍斯說著，把被抓傷的手伸向艾倫。

噢——艾倫一邊苦笑，一邊抓住他的手。

「痛痛，痛痛，飛走了！」

艾倫說完，將力量分給霍斯受傷的細胞。

隨後傷口發出淡淡的光，就這麼消失不見。

「哦哦！痛楚都飛走了！」

被抓傷的傷口似乎有著無法忽視的微小疼痛，霍斯顯得很開心。

傷口只要治好，的確就不會痛了，不過精靈們沒玩過這種咒語，因此覺得跟艾倫這樣互動很好玩，偶爾會要求艾倫這麼做。

這個玩樂的開端，始於艾倫對訓練受傷的拉菲莉亞這麼做，讓凡他們覺得很不可思議，進而開始流行。

艾倫身為女神的力量覺醒後，影響範圍慢慢擴大，從元素到電子，甚至是細胞。

雖然還遠比不上掌管生命的列本，以及掌管治療的庫立命，但如果是小傷，她就能給予細胞力量，刺激活性，達到治療的效果。

艾倫身邊的人都已經習以為常，只是欣慰地看著他們的互動，但拉比西耶爾、賈迪爾和律爾等人卻驚訝地愣在原地。

不過這樣的舉動，還是有難為情的要素在。艾倫察覺旁人的反應，臉不禁脹紅。

「治好傷口了……她……她是精靈嗎……？」

此時完全不認識艾倫他們的律爾終於出聲了。

艾倫他們這才發現，得從這裡開始說明才行了。

集中在汀巴爾中樞的所有人，正同時看著艾倫。而艾倫也沒有退縮，堂堂正正地跳下沙發，行了淑女之禮。

＊

「幸會，律爾先生。我的名字是艾倫．凡克萊福特。」

「她是我的女兒喔。可愛吧？」

羅威爾從旁宛如要蓋過艾倫的自我介紹，機靈地炫耀著，讓艾倫微微皺著眉。而且羅威爾還不忘警告律爾：「你可別靠近我的女兒喔。」

艾倫對著羅威爾釋出「閉嘴」的眼神，但羅威爾只是看著她，笑著說：「怎麼啦？」

「呃……妳是英雄羅威爾的女兒……？」

律爾驚訝地瞪大雙眼，他懷裡的羅雷這才發現艾倫的存在，以驚愕的臉龐大叫：

『公、公主殿下！』

「咦？」

見羅雷驚訝得下巴都要掉下來了，律爾不禁擔心地幫牠把下巴扶正。

『律爾，現在是對我做這種事的時候嗎？你這個少根筋的人！』

「啊，抱歉。我想說妳的下巴要掉下來了……」

律爾急忙放開羅雷的下巴。羅雷於是趁隙逃離律爾的懷中。

拉比西耶爾以「有趣的東西又變多了」的眼神，笑看事情會如何演變。

『是……是公主殿下……奴該怎麼辦……』

儘管羅雷已經逃離律爾的懷裡下來地面，依舊極度慌亂，大精靈霍斯見狀，只覺無言。

「我說妳，妳以為剛才大鬧的地方是哪裡？抓傷好心轉移妳的我們，還把城裡的東西砸壞。受不了……」

『城、城裡……？難道剛才那個地方是精靈城？』

羅雷渾身發抖，霍斯則是說聲「沒錯」，肯定牠的臆測。

羅雷聽了，像石頭一樣定在原地不動了。

「霍斯，到此為止吧。」

「是，公主殿下。」

『公、公主顛……』

如今羅雷身體僵硬，嘴巴似乎無法靈活動作。

見牠冷汗直流，艾倫不禁苦笑。

「公主殿下是指……」

律爾這麼問道，艾倫則是回答：「家母是精靈王。」結果不只律爾，不知情的近衛們也都一臉驚愕。

「聽好了，剛才聽到的話，不許外傳。」

聽到陛下這句冷靜的發言，近衛們齊聲發出回應。賈迪爾原本就知情，所以始終看著艾倫。

『為……為什麼公主殿下會在這種地方……這裡不是有受詛咒的人在嗎！』

羅雷這道驚愕的聲音，讓艾倫移動視線看著牠，當雙方四目相交，羅雷瞬間嚇得抽動身體。

「我在找那個王族。不就是妳幫我找到的嗎？」

『公……公主殿下在找受詛咒的人……？』

「霍斯他們沒說我為什麼要找她嗎？」

『啊！』

經艾倫這麼一提，羅雷這才想起原本的目的。

大精靈說海格納的王族企圖對公主動手，很是生氣。羅雷以不可置信的眼神看著艾倫，艾倫接著說：

「妳叫什麼名字？」

『奴、奴是掌管夜晚的精靈，叫羅雷！』

羅雷慌慌張張地用兩隻腳走來艾倫面前，低頭自我介紹。艾倫看了，訝異地眨了眨眼。

室內所有人都對羅雷那不像貓咪的舉止驚訝不已，直盯著牠看，但牠本人似乎沒發現。

羅雷結束自我介紹後，一手擦著額頭的汗水，吐出一口氣。牠實在太慌張了，一定沒發現自己在做什麼。

艾倫看著這樣的羅雷，陷入沉思。

黑色毛皮的精靈。以海格納王室之名組成的名字。艾倫曾經聽過，在精靈當中也是很稀奇的唯一存在。

有個精靈在締結契約的人類去世後，依舊持續守護那個人的世代子孫。

「妳就是守護海格納王族的精靈吧。」

『是、是的……就是奴。』

「妳之前都待在海格納國吧？妳知道國王在想什麼嗎？」

面對艾倫這個直截了當的問題，羅雷失落地垂下耳朵。

『非常抱歉……自從律爾十二年前差點被殺之後，奴就沒接近過城堡了。』

「妳的意思是，這段期間，海格納國都沒有精靈嗎？」

『……』

艾倫將羅雷的沉默當成肯定，也搞懂了為什麼她會被盯上。

對方聽聞艾倫在凡克萊福特領的活躍，或許是想蒙受同樣的恩惠吧。

艾倫依據羅雷的話，開始整理到目前為止的所有事情。

發現艾米爾之後，只需將她帶回來就行了，但艾倫實在不認為事情會這麼順利。

見艾倫不發一語思考，索沃爾擔心地看著她，並詢問是不是還會發生什麼事。

「沒有，只是……」

「怎麼樣？」

見索沃爾這麼催促，艾倫開口回答：

「我只是……覺得事情好像有蹊蹺。」

「有蹊蹺？」

如果把事情解釋成，羅雷氣王室厭惡生出金髮王子，就把人藏起來一事，因此遠離王室，那確實說得通。但艾倫就是覺得牠還瞞著什麼事沒說。

艾倫察覺羅雷所有隱瞞，不斷盯著牠看。

羅雷也注意到這點，身體不斷冒出冷汗，而且僵在原地不動。

「那個……可以別太苛責羅雷嗎？由我來解釋吧……」

律爾就像要保護僵在腳邊不動的羅雷，將牠藏在自己的臂膀中。艾倫看了，也抬起自己的視線。

「那就請你說明吧。聽說你找到了我的外甥女。我要謝謝你。」

拉比西耶爾露出微笑，並道謝。一旁的賈迪爾也跟著道謝。

律爾接著端正儀態，看了一眼拉比西耶爾和艾倫，然後開始解釋：

「……我居住的村子裡出現了可疑的貴族。我一開始還以為是要找我的刺客。但提茲去偵查的時候，說他遇到受詛咒的人……」

「提茲？」

「啊，他不在這裡……原本是一隻叫提歐茲的貓精靈。」

「原本？」

為什麼要用過去式呢？艾倫對這個說法感到不解。

『提歐茲是奴的眷屬。奴覺得用貓的模樣守護律爾不太可靠，就請姊姊幫忙，讓他變成人形。』

「意思是，你身邊有個會人化的精靈嗎？」

『不，他沒辦法。是奴和姊姊給他力量，硬是把他變成人形行動。』

艾倫看著羅威爾，彷彿詢問「這種事辦得到嗎？」但羅威爾也是第一次聽說，顯得很驚訝。

「奧莉剛才用念話告訴我了，她說可以。」

「原來是這樣。」

艾倫不禁佩服，看來她還有很多事情不知道。

精靈需要有某種程度的力量。既然羅雷有這種力量，艾倫問牠是否也能人化，但羅雷說牠不行。

如果只有羅雷，牠並沒有帶著律爾轉移的力量，要拜託大精靈帶他們來。

「噢，我懂了。我就想說明明能化為人形，力量卻這麼弱。原來是這樣。」

霍斯插嘴，說他總算懂了。

『奴掌管夜晚。姊姊掌管白天。我們是二位一體。如果沒有姊姊，奴也沒有力量……』

「白天的精靈……難道是……」

賈迪爾戰戰兢兢地詢問羅雷。

『姊姊在教會本部喔！』

「我就知道……」

賈迪爾聽了，訝異地睜大雙眼。艾倫看了，不懂箇中緣由，於是詢問羅威爾，羅威爾這才把答案告訴她。

「教會本部有象徵女神信仰的女神像。然後有個負責守護女神像的精靈。是一隻純白的貓。」

『那就是姊姊！』

「啊——原來如此……」

眼前的精靈竟是和那個守護精靈成對的存在，這樣的確令人訝異。

而且羅雷也高貴到成了海格納國尊崇黑髮的象徵。

想到這裡，艾倫又覺得思緒卡住了。

（為什麼羅雷要跟著律爾先生呢……）

就艾倫觀察下來，羅雷並未跟律爾締結契約。如果羅雷一直守護著海格納王族，那律爾對牠來說，應該只是其中一名王族才對。

牠有什麼理由，要保護律爾這個跟背叛海格納國的祖先有著相同特徵色的人呢？

如果羅雷見證了斷絕關係的現場，汀巴爾的祖先對羅雷而言，應該就像叛徒一樣。

如果羅雷有這種想法，應該跟不喜律爾的其他王族是同一陣線才對。

就算是基於同情，才跟律爾走在一起，因為這樣就拋棄其他王族，理由顯得有些薄弱。

「……艾倫？」

「咦？」

艾倫因為羅威爾這道擔心的聲音回過神來。

當她抬起頭來，才發現室內所有人都看著她。

「對……對不起。」

她剛才顧著想事情，完全沒聽他們說話。本以為會被罵，沒想到陛下卻要艾倫說出她想事情的理由。

儘管尷尬，艾倫還是將視線落在坐在律爾膝上的羅雷。

「……我很在意，為什麼羅雷要跟律爾先生在一起。」

『公……公主殿下？』

「妳守護海格納的王族有很長一段時間了吧？光是王族生出一個返祖孩子，就留在律爾

先生身邊，我覺得這個理由太薄弱了。」

『這……這個……』

「妳有沒有對律爾先生做了什麼事？是不是因為這件事，他才會被人盯上？」

『……呃！』

艾倫的話語直搗核心。只見羅雷的身體抽動了一回。因為艾倫這麼問，律爾也很是吃驚，他叫了一聲羅雷，想問出真相。

「是因為……我的靈魂嗎？」

「靈魂？」

「羅雷跟我說過。那個……牠說我的靈魂跟海格納初代國王是一樣的。」

「靈魂一樣！」

一旁的人們訝異不已，搞不懂這是什麼意思。但艾倫的反應大過所有人，在驚訝之餘，發出大叫。她反射性站起，就這麼跑到律爾身邊。

「艾倫！」

艾倫的舉動令羅威爾等人很是驚訝。但艾倫並未發現，不斷對律爾提出問題：

「靈魂一樣是什麼意思！你不是特徵返祖而已嗎？記憶呢？你有當時的記憶嗎？」

「呃……妳……妳先等一下……！」

艾倫簡直難以置信。帶著同樣的靈魂轉生的人就在眼前。

跟自己一樣的存在——就在眼前。

「艾倫，妳冷靜一點。」

「啊！」

羅威爾從後頭輕鬆將艾倫抱起，將她鎖在自己的臂彎當中。

「妳到底是怎麼了？真稀奇。」

「爸爸，讓我跟律爾先生談談！」

聽見艾倫這個要求，羅威爾、賈迪爾，還有凱都瞪大了雙眼。

「不行。」

接著他們三人同時這麼說。

這讓艾倫不禁驚訝地眨了眨眼。她的表情彷彿寫著「為什麼你們三個人都反對？」但陛下卻再也忍不住，直接失笑，改變了現場膠著的氣氛。

「啊哈哈哈！這幫傢伙真的是無藥可救了！」

旁人都完全傻眼了。

陛下笑完一輪後，對艾倫說：

「啊——艾倫，其實我也很好奇，不過這件事晚點再說。我們應該有要先問清楚的事吧？」

「……是……是的。」

艾倫在羅威爾懷裡一陣失落，並再度看著羅雷。

「因為靈魂一樣，妳就對律爾先生做了什麼吧？」

『…………』

羅雷面色鐵青，僵在原地不動。

從牠的反應來看，艾倫發現或許牠並沒有那個意思。

「難道妳……沒想到事情會變成這樣嗎？」

『怎麼會……是我害的嗎？』

假設因為羅雷的所作所為，煽動了律爾身邊的人的憤怒。

如果牠當初沒有那麼做，律爾現在說不定就能在那間屋子裡跟家人團聚。

『怎麼會……怎麼會……』

羅雷不斷搖著頭，遲遲不說出理由。

但拉比西耶爾似乎想到了什麼，直接開口：

「難道……是名字嗎？」

「……名字？」

「我想說，律爾這個名字，跟海格納的初代國王是一樣的。」

「妳……給了他始祖的名字嗎！」

律爾的髮色較淡。光是這樣，情況就很糟了，沒想到這個與叛徒擁有同樣特徵色的王

子，竟有著初代國王的名字。

這樣的衝擊，海格納王族想必無法接受。

「原來如此。難怪會被人盯上性命。」

正因為拉比西耶爾是王族，才更明白。

拘泥擁有特徵色的王族。明明崇敬羅雷，甚至推崇黑色，羅雷卻選擇一個和叛徒擁有相同特徵色的人。

海格納王認為自己遭到羅雷背叛，所以想要別的精靈。這就是和這次事件之間的關係。

「這樣我就大概知道海格納那邊的想法了，但問題是你。」

拉比西耶爾笑著看向律爾。

被拉比西耶爾盯著瞧，律爾只覺不寒而慄，忍不住挺直腰桿。

「他們如此處心積慮要你的命，你為什麼要幫我們？你有什麼目的？」

拉比西耶爾的眼神沒有笑意。他現在把律爾當成鄰國王子，視為敵人。

「……因為我聽精靈說了。受詛咒的人和王兄……和海格納王串謀，想偷走精靈的寶物。」

律爾嚥下一口唾液，筆直看著拉比西耶爾。

「拜託你們，請你們不要消滅海格納！」

「……消滅？不是要我們停戰？」

「海格納上空有許多憤怒的大精靈……羅雷說，他們想消滅海格納。」

「消滅！」

艾倫等人聽聞，各個驚訝不已。

「這是怎麼一回事！」

艾倫看向霍斯，想知道是怎麼回事，只見霍斯泰若自然回答：「這是自然。」

「他們可是想盜走吾等寶物。會做出此等舉動的人類，吾等恨不得立刻連人帶國家一起消滅。但女王說不得如此。」

「媽媽她……？」

「消滅……國家？」

霍斯看著一愣一愣的人類們，釋出一股威壓。

「少往自己臉上貼金了，人類。爾等只是因為女王和公主殿下的善意才活著。」

「霍斯，到此為止！」

霍斯突然釋出威壓，室內所有人類和精靈都因恐懼屈膝。

艾倫看了，急忙阻止，霍斯這才不以為然地消除威壓。

「霍斯，你不用管這裡的事了，先回城裡吧。」

「遵命。」

羅威爾說完，霍斯允諾後便消失。

「……對不起。律爾先生你是以為國家會被消滅，才會暴露隱姓埋名的自己吧。」

「啊……對……沒錯……」

因為霍斯的威壓，律爾尚未調整好氣息，他抓著自己的胸口，還一臉鐵青，但依舊勉強給了回答。其他人的氣息也都斷斷續續的。

其中以拉比西耶爾和賈迪爾最不好受。

他們承受霍斯的力量，觸動了詛咒，詛咒在結界之中奔騰，將裡面染成一片漆黑。身在其中的拉比西耶爾他們沒有回音，大概已經失去意識。

只有拉比西耶爾和賈迪爾周邊被一個黑色的球體覆蓋。鮮明到連近衛們都看得見。

只不過，羅威爾總覺得唯獨賈迪爾那邊的濃度較低，不禁蹙眉。

「我對他們個人張設結界真是做對了。」

羅威爾的結界形成防護壁，防止詛咒四散。

有了以前賈迪爾靠近艾倫出事的經驗，羅威爾事先做好防範對策奏效了。

但這麼一來，就顧不得談話了。羅威爾提議先休息，拓展結界範圍，並把艾倫和精靈趕出房間，說在詛咒的濃度消散之前，這裡都禁止進入。

（賈迪爾……他沒事吧？）

艾倫憂心忡忡地看著緊閉的房間。

以前他們一起昏倒的時候，在床上躺了一週之久。當艾倫心急地想著應該需要退燒藥

時，凱出聲呼喚她。

「艾倫小姐，請跟我來。」

「啊，好……」

當她牽起凱的手，突然想到一件事。如果是現在，就能談談了吧。

「律爾先生……！」

艾倫叫住律爾他們。三名近衛與律爾他們於是看向艾倫。

「可以跟你談談嗎？」

艾倫小心翼翼地這麼詢問律爾。律爾畢竟沒有什麼理由拒絕，正要說「好」的時候，卻感受到艾倫身邊的人釋放出的威壓，不禁有些卻步。

「哎……呀……」

儘管律爾不懂艾倫身後的凡和凱為何要瞪著他，還是畏畏縮縮地一邊苦笑，一邊回答：

「如果各位都一起的話……」

「那麼我們來準備房間。」

其中一名近衛這麼說，帶領他們前往另一間房間。

＊

沒了大肆胡鬧的羅雷，精靈城總算靜下來了。

女王的身體現在尚未穩定，為了不對她產生影響，精靈們張設了隔絕氣息的結界，可說是一陣手忙腳亂。

羅雷是隻貓，動作靈活快速，牠抓傷想逮住牠的精靈們，還打破架上的壺，可說是大鬧了一場。

不過只有全身癱軟、一動也不動的提歐茲，是由列本和庫立侖照顧。

正當精靈們用魔法收拾善後，以為暴風雨終於過去，而鬆了一口氣時，沒過多久，就因為感覺到極少出現的兩名女神的氣息，臉色因為另一種理由而發青。

奧莉珍以水鏡觀察著艾倫，聽說羅雷他們曾造訪城裡，還嚇了一跳。

「哎呀，夜晚那孩子來這裡啦？」

她環伺四周，這才想起她身邊布滿結界。明白是因為結界影響，導致她無法探知氣息後，她的視線即將回到水鏡。這時候，房間的門突然開啟。見開門的人模樣非同小可，奧莉珍眨了眨眼。

「奧、奧莉珍女王！不、不好了……」

「哎呀？怎麼啦？你這麼慌張還真是稀奇。」

擔任宰相，同時也是凡的父親的敏特臉色發青，顯得極為慌亂。

奧莉珍搞不懂是出了什麼事。敏特一生氣就會性情大變，可是卻極少慌張動搖，非常稀

奇。

「雙女神大駕精靈城了！」

「哎呀，姊姊她們嗎？」

奧莉珍開心地展顏，但周遭的精靈們卻因為敏特說的話，反而臉色發青。箇中理由，就是因為雙女神自由奔放的程度。

敏特站在門中間，喘得上氣不接下氣，這時突然有人從背後推了他一把，讓他踉蹌往前。

「嗚哇！」

「奧莉珍！妳過得好嗎？雖然很突然，我們來玩嘍！」

「哎呀哎呀，妳一直窩在這種地方嗎？妳不覺得結界很煩嗎？」

兩人的樣貌完全相同。無論長相、髮型、體型，甚至衣著打扮都一樣。是一對只有頭髮和眼睛的顏色分成金銀兩色的雙胞胎女神。

她們是洞悉一切的沃爾，和定罪的華爾。沃爾是金髮，華爾是銀髮。

髮型跟奧莉珍一樣，是大波浪捲髮，長度長到幾乎快碰到地板。而這兩位女神也有一對豐滿的胸部，讓人不禁同意她們跟奧莉珍確實是姊妹。

「妳、妳們這是做什麼！我應該說過，先讓我確認奧莉珍女王的身體狀況再說啊！」

敏特的頭長出了兩隻角。但兩位女神用眼角餘光看著盛怒的敏特，不懷好意地笑了。

這下不只敏特一人心生不祥的預感，周遭其他精靈也在瞬間全部離去。

「呿，被溜了。」

「既然結界沒被解除，代表還在附近吧。要怎麼辦呢～？」

「是可以把他們逼出來玩啦，但先算了吧。因為在玩之前，有正經事要辦。」

「也對。就這樣吧。」

兩位姊姊嘻嘻笑著，奧莉珍也笑著說：「要適可而止喲～」

要是跟洞悉一切的女神作對，她們就會公開對方可恥的過去。手中可說是握著所有人的弱點。

唯有一個人——奧莉珍的丈夫羅威爾，就算碰上這兩位女神，過去遭到揭露，也不痛不癢。

他還會反過來利用這件事，向奧莉珍撒嬌。說：「就算我這麼愚蠢，妳也願意原諒我嗎？」

一旦他們進入兩人世界，就沒得玩弄了。而且他們還會忘記旁人的存在，對雙女神來說，這招不管用的羅威爾可說是個強敵。

艾倫之所以沒見過雙女神，是因為羅威爾無法忍受女兒被耍著玩，始終藏著艾倫。

關於這點，其他精靈也一致同意，所以群起隱藏艾倫。

羅威爾接受奧莉珍的力量，重生為掌管空間的半精靈。但因為原原本本繼承了人類時的身體，其實並沒有多大的力量。

然而事關艾倫，他可說是用盡全力隱藏，反而惹得雙女神笑他居然做到這種地步。

「姊姊們怎麼啦～？妳們明明很少會來。」

「本來之前約好，等艾倫長大，就要讓她跟我們見面，但現在好像顧不得這個約定了。」

「哎呀？」

當奧莉珍歪著頭，華爾遞出了某個東西——是一隻白貓。

「哎呀哎呀？」

這隻白貓被華爾揪著後頸的肉，就這麼任由她把自己拎在半空中，一臉鐵青。

「難道是掌管白天的孩子？」

「沒錯，奧莉珍。水鏡另一邊的是掌管夜晚的孩子。跟我們一樣是成對的精靈。」

『好、好久不見……女王陛下……』

「啊～！我想起來了～！妳叫做艾雷！」

奧莉珍拍響手掌，一臉開心，雙女神卻嘆了口氣。艾雷掌管白天，是羅雷的半身。

「奧莉珍，妳之前有實現過白天這孩子的願望吧？」

「是啊，我覺得很好玩，就幫牠了。好懷念呀。」

「那的確是必要的手段，但妳知道那件事現在導致事情變成這樣嗎？」

「哎呀哎呀～？」

見奧莉珍不解地歪頭，雙女神同時嘆氣。

『小、小的萬死難辭其咎！都怪奴許了那種願望……』

艾雷哭喊著，奧莉珍卻眨了眨眼。

「再這樣下去，人類會往不好的方向發展。所以我們有事要拜託艾倫……」

「哎呀～……姊姊們要借用艾倫，羅威爾會肯嗎？」

「他不肯也得肯，再這樣下去，人類和精靈會彼此對立喔。」

沃爾神妙地說著。奧莉珍聽了，眨眼皺眉後，依舊搞不懂是怎麼回事。

「人類的信仰確實是真的，但其實也只像一匹布那麼薄弱。一旦他們認為景仰的人背叛自己，這信仰的布很輕易就會裂開。」

華爾嘆了口氣。從她們的神情來看，奧莉珍知道事情一定非比尋常。

「能改變這件事的人，就只有艾倫了。」

「……會對我的女兒產生危害嗎？」

「這點不用擔心。因為就算性子扭曲，那男人還是最愛精靈了。」

「做這件事的人立場不能有任何偏頗，所以只有艾倫可以了。」

沃爾和華爾說完，雙雙點頭。

當奧莉珍心生憂慮，周圍的魔素也開始動盪。

「哎呀哎呀。」

「天哪天哪。」

沃爾和華爾環伺四周，最後看著奧莉珍的肚子。

奧莉珍也摸了摸自己的腹部，開口安撫：

「寶寶也很擔心啊？放心吧，她是我的女兒，也是寶寶的姊姊呀。」

只不過——奧莉珍接著這麼說。要說問題所在，應該就是圍繞著艾倫的那些過度保護人士吧。

「看來要掀起一場風暴了……」

奧莉珍嘆了口氣，只有這件事她實在無能為力。

第五十七話　轉生者

近衛替艾倫他們準備好房間，一行人也就往那裡移動。

以前去過的房間都是王城中樞，這次替他們準備的房間卻有點距離。

律爾抱著失落的羅雷，不時憂心地撫摸牠的背。

當艾倫也擔心地偷看他們一眼，她感覺到牽著的手傳來一股緊握的力道，不禁看向凱。

凱看著她的模樣，感覺似乎有些悲傷。艾倫無法理解對方為什麼要這樣看她，因此心生動搖。

「凱，你怎麼了？」

「……小姐您很在意律爾先生嗎？」

「咦？」

如果問她在不在意，那她也只能回答「沒錯」。

律爾跟她一樣是轉生的人。當她心想有好多事要問他的瞬間，她感覺到腦中原本不完整的線索，如今完整了。

他們在路途中，可以從走廊看到工整的庭園。看到那份與心中不同的安穩氣氛，艾倫這才發現她內心的慌亂。

「……其實我有事想問他，可是現在已經有答案了。」

「咦？」

凱看到艾倫的態度和剛才完全不同，已經趨於冷靜，換成他感到困惑。

只要重新咀嚼過往發生的事，冷靜思考，她就會知道她想知道的事了。

她現在才有自覺，一聽到律爾的靈魂跟她一樣轉生，她有多慌亂。

艾倫想知道的，是律爾有沒有過去的記憶。

但如果律爾有記憶，海格納國就不會陷入如此嚴峻的狀況了。

正因為擁有記憶，視野才更寬闊，行動的選項也會變多。但他也說靈魂一事是羅雷告訴他的。律爾說的話不多，不過光憑那一點內容，也能明顯知道他沒有記憶。

而且艾倫也不能在眾目睽睽下，談論靈魂輪迴這個話題。能像這樣擱置一會兒再談，就某種意思來說，也算得救了。

艾倫還發現了一件事。羅雷為何輕率地用初代國王的名字替他命名。

「能再見到面，很開心吧……」

「…………」

面對這道呢喃，凱不知道應該說些什麼。

他只能多用了些力道，握緊牽在手裡的手，以彰顯自己的存在。

*

他們面對面坐在沙發上，喝著女僕泡的紅茶。

雖說還有三個近衛在場監視，離開了剛才那樣緊張的地方，律爾的表情已經明顯放鬆不少。

「那妳想問我什麼事？」

「關於這件事……」

當艾倫含糊表示她稍微思考過後，答案就出來後，令律爾詫異不已。

「答案？」

「我本來想問有關靈魂的事。可是你沒有記憶吧？」

「……是啊，我沒有出生以前的記憶。」

儘管困惑，律爾還是笑笑的，艾倫也能接受他的說法。

雖然以狀況來說，他跟艾倫很相似，其實卻是完全相反。艾倫擁有記憶，所以能展開行動，律爾卻是在沒有自覺的情況下，被旁人議論轉生。

「很為難吧。明明沒有記憶，人家卻說你跟初代國王是同一個人。」

艾倫笑道，這句話彷彿說到律爾的心坎裡了，一開始他瞪著大眼，但馬上就露出苦笑。

「就是說嘛。我是我，但說是這麼說啦……」

律爾看著羅雷。羅雷大概是無法承受他的視線，眼睛立刻別開。

「能再見到重要的人，牠很開心喔。」

「……就是這點覺得複雜啊。」

見律爾的口吻有些悲傷，艾倫很快就察覺他的心思了。

「你懷疑牠是不是透過你，看著初代國王對吧？」

「呃！」

艾倫的話讓律爾大吃一驚，他睜大雙眼，不懂艾倫怎麼會知道。不過羅雷聽了，卻是一陣慌張。

『我、我沒有喔！你就是你啊！』

「啊……嗯……是這樣沒錯啦。」

律爾看起來還是有些失落，艾倫於是代替羅雷說出他想說的話。

「因為你們名字混在一起，才會讓你無法判斷吧。我跟你說，其實本質是一樣的。」

「本質？」

「羅雷說的是靈魂，也就是組成你這個人的核心。而精靈會被靈魂吸引。」

「精靈……會被靈魂吸引？」

「精靈不會靠近討厭的人。他們會締結契約的對象，都是心地善良，或是一起相處很開

心的人。而這樣的特質會透過靈魂——也就是構成核心的魔素顯現出來。」

「……構成靈魂的……魔素？」

「這會涉及精靈的本質，所以我不能說得太仔細……不過羅雷牠是看著你這個靈魂喔。跟你在一起很快樂，很開心……是讓牠覺得很重要的人。所以能再見到以前非常重視的人的靈魂，牠是真的很高興。」

「重視的人……」

「對羅雷來說，不管是以前的你，還是現在的你，都是一樣的。重點只有你們的靈魂相同。羅雷牠沒有把你跟過去初代國王重疊在一起。牠確實看著現在的你。這跟記憶沒有關係喔。畢竟牠沒跟你說過，你以前是這樣之類的話吧？」

『公……公主殿下……』

「牠的確沒說過……應該說，我也是才剛知道羅雷會說話。」

「咦？是這樣嗎？」

看來羅雷並沒有因為靈魂相同，就硬要律爾像以前一樣。

「如果羅雷把你跟故人重疊在一起，應該早就開口說話，跟你大談回憶了吧？」

「……的確。」

羅雷應該是不知道怎麼解釋這件事吧。因為艾倫全代替牠說出來了，牠這才明白律爾感到困惑的原因是什麼。

在艾倫設身處地替律爾解釋之下，律爾也順利獲得解答。

「本質相同是嗎……我重視羅雷的心情就是這樣嗎？」

「是啊。那是一種不會輕易改變的心意。就像你重視羅雷，羅雷也是透過靈魂重視著你。」

「……這樣啊。」

律爾勾起嘴角的微笑，讓身體完全靠在沙發椅背上。羅雷看到他的腿空下來了，便熟練地跳到他腿上。

那是他們雙方距離縮短的瞬間。看到律爾關愛地看著羅雷的神情，艾倫也鬆了一口氣。

『律爾……都怪奴做事瞻前不顧後……對不起。』

「事情都過去了，別在意。可以跟妳還有提茲在一起，我很幸福喔。」

『……嗚！』

羅雷磨蹭著律爾的頭撒嬌。為了回應，律爾也撫摸羅雷，寵愛牠。艾倫在一旁守望，也放心不少。

「真是太好了，對吧？」

在高興之餘，艾倫忍不住徵求一旁的凱附和。

凱近距離看到艾倫的笑容，身體僵硬了一瞬間，但馬上就笑著回答：「是的。」

（……奇怪？）

艾倫總覺得凱跟平常不太一樣，眨了眨眼。

（是我多心了嗎……？）

總覺得有哪裡不對勁，但或許是自己多心了。

艾倫也搞不太懂自己，有些傷腦筋。

「公主殿下，反正聊都聊了，要不要先問那女人在哪裡？」

凡突然從背後靠近，將手放在艾倫和凱之間，擋住雙方的視線。

凱對凡釋出不悅的氣息，但艾倫並未發現，回了一句「也對」，同意凡的提議。

律爾他們見狀，都睜大了眼睛。

「……這樣啊。角度不一樣，就一目了然了。」

律爾看著艾倫和一旁的凱，感覺就像他們自己，不禁苦笑。

「不過好煩惱該不該說出來喔……」

此時律爾覺得，公主殿下的周遭似乎非常複雜。

＊

就在艾倫他們談話之後，過了幾個小時，羅威爾交替觀察著拉比西耶爾和賈迪爾的狀況。

羅威爾擁有身為空間精靈的力量，所以能替自己張設結界，靠近王族到觸碰他們的地步。

正因為他近距離交替看著他們，才更清楚一件事。但他實在不解。

（這是怎麼一回事……？）

賈迪爾的詛咒穩定下來的速度跟拉比西耶爾不同，實在太快了。

拉比西耶爾周圍的詛咒到現在明明還是一團漆黑的漩渦，賈迪爾這邊的顏色卻已經沒那麼深，就快消失了。

而且在王族中，賈迪爾的詛咒之力感覺非常薄弱。

羅威爾不禁皺眉，幾年前看到他的時候，詛咒應該沒有這麼稀薄。

「嗚……」

賈迪爾發出痛苦的呻吟，接著眼睛隨之睜開一條縫。

雖然想起身，卻因為頭痛欲裂，讓他反射性撫著頭。

「我知道您不好受，不過您感覺如何？」

「……羅威爾閣下？這裡是……」

知道這裡是他的房間後，賈迪爾放鬆身體的力道，再度躺平。

「啊……的確很難受……」

「抱歉，我們的人冒犯了。自從知道艾倫被盯上，大家都很暴躁。」

賈迪爾收下這句近乎念劇本似的道歉，說了聲：「這很正常。」

「畢竟精靈是崇高的存在……」

「……」

賈迪爾喃喃說著，羅威爾只是盯著他。

「殿下，最近有發生什麼事嗎？」

「……這是什麼意思？」

「有沒有發生什麼跟精靈有關的事？」

「…………？」

這點賈迪爾完全沒有頭緒。他皺起眉頭思考，但最後還是什麼都沒想到。他難受地說：

「我根本不可能跟精靈扯上關係吧。」

（那為什麼只有殿下……？）

如果賈迪爾跟精靈扯上關係，那也只有艾倫或是身為護衛的凡了。當他一這麼想，瞬間浮現「說不定是艾倫做了什麼」的猜測。

可是又馬上予以否定，因為根本沒有那種機會。跟王族見面時，他都會陪同。

（對了，她說過，以前他們兩人見過……）

賈迪爾把他在菲爾費德找到艾莉雅的消息告訴他們的理由。

當時羅威爾聽說，艾倫以前曾偷偷去見賈迪爾，並警告他不要硬是想跟她的家人扯上關係。

羅威爾想起他們兩人曾背著自己見過面，怒氣又開始沸騰。

「……羅威爾閣下？」

賈迪爾大概是感覺到氣氛險惡，戰戰兢兢地呼喚羅威爾，同時悄悄地在床上跟他拉開距離。

這時羅威爾笑著應對。

「殿下您以前似乎偷偷跟小女見過面。」

「嗚……啊，是啊……？」

「當時小女有做了什麼嗎？」

「啊……？」

賈迪爾不知道想起了什麼，突然滿臉通紅。羅威爾見狀，興起了殺機。

「你、你誤會了！她沒對我做出那種事，真的沒有！」

賈迪爾倉皇解釋，羅威爾卻一邊吐出漆黑的殺氣，一邊開口：

「要是有，我現在就當場宰了你……！」

「慢著慢著慢著！你的眼神是認真的！不要變出冰塊！我們只是在遠處稍微講幾句話而已！」

「……這是真的吧？」

賈迪爾點頭如搗蒜，羅威爾這才壓制住自己沸騰的殺氣。

羅威爾消弭殺氣後，賈迪爾全身癱軟。但房裡卻變得非常寒冷。

看到床鋪角落和部分房內用品被冰凍，賈迪爾臉色發青。

「艾倫跟我說，不要對她的家人下手，也不要想硬是和她扯上關係。如果隔著一段距離，她就願意跟我聊聊。」

「……」

「她問我……如果我的祖先在對精靈做出那種事之前，能像這樣好好談談，會有什麼改變嗎？」

「就算談過，也會決裂。人類對精靈來說，就只是玩具。」

「……玩具？」

賈迪爾以驚愕的神情看著羅威爾。

「人類和精靈無法相容……我是因為有奧莉——有女神賜與的慈悲。」

「……是這樣啊。」

儘管氣氛變得沉重、悲傷，賈迪爾還是想起他跟艾倫的相處模式，表情馬上復原。

艾倫說過的話占據了他的心頭。她說她會好好聽賈迪爾說想說的話。

「就算艾倫只是願意聽我們說話，她也跟其他精靈不一樣啊。」

「…………」

羅威爾聽見賈迪爾這麼說，一臉不是滋味。

賈迪爾似乎因此心情大好，開心地笑了。

「太感激了。我必須好好謝謝艾倫。」

話才剛說完，事情就發生了。圍繞著賈迪爾的詛咒突然開始晃動，然後緩緩消失，再也看不見了。

羅威爾見狀，驚訝地瞪大雙眼。

「……怎麼了嗎？」

賈迪爾一愣一愣地發問，羅威爾立刻恢復原本的表情，儘管嘴上說著沒事，內心卻非常焦急。

仔細一看，詛咒並非是消失。不過很明顯已經跟其他王族不一樣了。

（這是怎麼一回事！）

在賈迪爾說必須感謝艾倫的瞬間，詛咒看起來就像消失了。

（……艾倫？）

羅威爾知道艾倫的影響力大到甚至改變了拉比西耶爾的行動。他當時還笑說，雖然是自己的女兒，卻有夠可怕……

因此這個時候，他也不禁覺得可能是艾倫的影響。假設受詛咒的人對艾倫抱持的心意，會影響詛咒……

看來必須跟奧莉珍商量一下了。
「看來您的身體已經沒問題了。那我回陛下那裡。」
「啊……好。麻煩你了。」
見羅威爾突然改變話題，賈迪爾眨了眨眼，還是立刻點頭。

羅威爾轉移消失後，賈迪爾吐出一口緊張的嘆息。
他覺得口渴，因此搖鈴叫人，接著三名護衛和近衛便入內報告。
「哇！這間房間是怎樣！」
「殿下，到底是怎麼了！」
看到房內到處都被冰凍，所有人都嚇了一跳。
「啊～……羅威爾閣下他……」
「這太冷了。殿下，換間房間吧。」
「是啊，也好。就這麼辦。還有，麻煩幫我拿水來。」
「好的……不過不管什麼時候看，都覺得精靈的詛咒實在太可怕了……幸好您平安無事。」
「是啊……但這是祖先犯下的業報。既然繼承了血緣，就要做好覺悟。」
「您真了不起。」

「沒這回事。我時時刻刻都在心裡喊著『為什麼』……畢竟我明明想跟她說話，卻連靠近她都辦不到……」

「…………」

每個人都知道賈迪爾很想跟艾倫說說話。

艾倫會拒絕是理所當然的事，但雖然態度戰戰兢兢的，她還是願意跟賈迪爾說話。

而且他們兩人最近明明很常笑著聊天，為什麼女神要給他這種試煉呢？

護衛們忍不住產生這種想法，但想到賈迪爾受到詛咒，不禁覺得悲傷。

「……殿下，那個……小的有事稟報……」

賈迪爾見近衛似乎難以啟齒，問了聲「怎麼了」後，近衛以下定決心的神情開口：

「殿下您昏倒之後，艾倫小姐和律爾先生便一起談話……」

「你說什麼！」

賈迪爾迅速起身，急急忙忙要離開房間，卻被護衛和近衛左右夾攻，拖回床上。

「喂！放開我！」

「殿下，請您聽我說完～！」

「您才剛昏倒，現在還沒恢復喔。難道您想用這張蒼白的臉，去見艾倫小姐嗎？」

「唔……」

「順帶一提，現在太陽已經下山，艾倫小姐回去了。他們說等陛下和殿下的身體恢復，

再繼續協商。」

「………」

賈迪爾憤恨不平地看著近衛，勒貝這個和他交心的護衛於是笑著說：

「請殿下放心。律爾先生很機靈，是在一群人的陪同下和艾倫小姐說話。」

「廢話，應該說不許你們讓他國的王族落單！」

「呵呵，您一副非常在意他們談了什麼的表情喔。」

「你、你們……！」

賈迪爾察覺他們都在捉弄自己，氣得脹紅了臉。

「他們談話的內容，似乎是關於律爾先生的精靈。」

「……什麼意思？」

「律爾先生的靈魂是海格納初代國王，但本人懷疑這一點……艾倫小姐於是解釋給他聽了。那位小姐真的是冰雪聰明。」

「是啊……艾倫很聰明。陛下說過，他贏不了。」

聽見這句話，隨從們都非常訝異。但護衛們親眼目睹，因此算是能採信這種說法。

「後來，他們問了艾米爾公主的所在地。索沃爾閣下和近衛長也有參與這段談話。他們會做好準備，待陛下和殿下清醒後，就能馬上動身。」

「這樣啊……勞煩你們了。」

「不敢當。」

但就算聽了報告，賈迪爾依舊無法靜下心。

這時近衛送來他要的水。他一口氣喝完，然後跳下床。

「殿下？」

「我想跟律爾閣下說話。」

「啊——……我就知道您會這麼說。」

勒貝抓抓頭，一臉苦笑。三名護衛於是表示他們也要隨行。

「啊，托魯克，麻煩你先去通知律爾閣下。他身邊有精靈對吧？」

「遵命。」

托魯克說完，就像轉移一樣，迅速離開現場，勒貝總是很佩服他這一點。

「到底要怎麼做，才能像他那樣移動啊……」

「因為他家比較特殊啦。」

勒貝這才想起托魯克是特務機關出身的人，還醉心於凡克萊福特家的總管。

他稱呼羅倫為「大叔父」，一想到前任盧迪家的第一把交椅在那個家中，就會發現凡克萊福特家有多麼特殊。

賈迪爾重新整頓心情，踏出一步。他此刻雜亂的內心，看來是暫時不會平靜了。

＊

賈迪爾前往他們提供給律爾的房間，只見房門口有一名監視的近衛，以及先來通知的托魯克在等著他。

他們看到賈迪爾的身影，同時敬了禮。賈迪爾從他們身旁穿過，站在門口。近衛在門前通知裡面的人後，打開了門鎖。眼前的門扉隨之開啟。

「賈迪爾殿下，您請。」

「好。」

賈迪爾進入房內，在房裡待命的兩名近衛隨即敬禮。

律爾察覺賈迪爾入內，也低頭致意。

「抱歉，我突然跑來。」

「不會。」

儘管律爾感到有些困惑，還是看了一眼房間的角落。只見豎起毛的羅雷就在那裡。

『你找律爾幹嘛！』

「抱歉，我沒有在這裡久留的意思……只是想跟律爾閣下說句話。」

「……有什麼事嗎？」

「啊——……沒有啦，就是……」

現在換賈迪爾偷瞄了在房內待命的近衛和護衛們一眼，感覺難以啟齒。

律爾只能不解地看著賈迪爾。

「我、我說啊……」

賈迪爾一邊說，一邊揮手，做出驅趕背後近衛們的動作。

律爾見其中一名護衛不斷偷笑，被驅趕的護衛們更是大受打擊的模樣，不禁眨了眨眼。

「啊……我聽說閣下跟艾倫談過了……」

當賈迪爾說到艾倫的名字，聲音就突然變得很小，律爾總算明白。

「我們到那邊談吧。」

『律爾！』

「沒事啦，妳不用擔心。」

律爾笑著安撫一陣驚慌的羅雷，然後領著賈迪爾前往房間一角。

近衛見狀，立刻警戒。但賈迪爾的護衛們安撫了他們，讓他們與賈迪爾兩人保持了一段距離，賈迪爾這才鬆了口氣。律爾看了，一邊苦笑，一邊詢問賈迪爾要問什麼。

「啊，沒有啦……我有接到報告……」

「我和艾倫小姐談話的內容……」

「我、我不是想問這個。」

「？」

「……抱歉。我的心胸似乎很狹小。」

唉——見賈迪爾如此嘆了一口氣，律爾馬上明白他想說什麼。他很像剛才的自己。

他認定羅雷透過自己的模樣和靈魂，看著初代國王，因而心生嫉妒。賈迪爾也是一樣的。

汀巴爾的王族受到詛咒，無法靠近精靈。

律爾感覺得到賈迪爾念著艾倫。要是有個跟自己長得一樣的男人，能靠近自己喜歡的女孩，並跟她說話，他也會嫉妒。

「……我懂喔。剛才的我也是這樣。」

「什麼？」

「他們都說我跟海格納初代國王長得一樣，而且靈魂也一樣。我跟你有同樣的想法，覺得他們透過我，看著別的男人，因此懷疑他們的心意，然後心生嫉妒。」

律爾苦笑著這麼說，賈迪爾因此發現那跟現在的情況非常相似，訝異地瞪大雙眼。

「但艾倫小姐告訴我不是這樣。就算靈魂相同，我就是我。他說大家的眼裡確實是看著我的……」

隨後，律爾覺得唯有這件事一定要告訴賈迪爾，於是笑著開口：

「當大家都把我跟殿下您搞錯時，一眼識破我並不是殿下的人，就是艾倫小姐。」

賈迪爾聽完，實在非常驚訝。後來賈迪爾問律爾怎麼會出現在王城中樞，才知道是因為眾人把他錯認成賈迪爾了。

當他們見到彼此時，確實嚇了一大跳。他們兩人相似到就算說是雙胞胎，也不會奇怪。賈迪爾當時還不禁懷疑他是陛下的私生子，沒想到一眼識破的人竟然是艾倫……

賈迪爾隨後便猜想，會不會純粹是有沒有被詛咒的問題呢？但即使如此，喜悅還是一點一點湧上心頭，他的臉頰甚至耳朵都逐漸染上喜悅。

比起賈迪爾從詛咒中解放出來的可能性，艾倫首先斷定他是不同人，這讓賈迪爾無比開心。

艾倫正視著賈迪爾這個人。一想到這點，賈迪爾就覺得心頭湧現一股暖意。

「這……這樣啊……」

賈迪爾把手放在嘴上，掩蓋自己的表情，並別開視線，但依舊沒能完全掩蓋。他的視線不斷游移，感覺靜不下來。

「之後我們說到貴國公主的所在地，所以會同其他騎士一起交談。」

「呃……嗯，跟我接到的報告一樣。感謝你替我們找到艾米爾。」

「哪裡……嗯～」

「……幹嘛？怎麼了？」

律爾直盯著賈迪爾看，然後頗有深意地說道：

「以我個人來說，我會想支持殿下您。」

「什……這、這是什麼意思！」

「啊——……我只是覺得艾倫小姐身邊很難搞……」

「難搞？」

「你不要叫羅威爾殿下爸……爸爸！」

「呃——像爸爸跟……」

見賈迪爾隨即怒火中燒，律爾急忙道歉賠罪。

雖然律爾完全沒有那個意思，站在賈迪爾的角度來看，卻是情何以堪。

「還有那個護衛吧。雖然艾倫小姐好像沒有發現。」

「凱啊……」

說到這裡，賈迪爾覺得好沮喪。

他之前覺得在意，所以派人調查過，也已經知道。凱的父親受到凡克萊福特家的前任當家救助，也被艾倫救過。

當時要是沒處理好，就算全家被問罪，也無可奈何。但艾倫救了他們。所以賈迪爾可以理解他們感念艾倫的恩情。

但事情沒有到此結束。賈迪爾調查了他們受到艾倫幫助的那件事，結果震驚不已。他沒想到竟與拉比西耶爾有關。

更別說後來還利用拉菲莉亞滋事。賈迪爾這下徹底知道王室已被艾倫厭棄。

如果是現在，他能明白當年他知道詛咒的緣由後，前去謝罪，卻無情地持續吃了閉門羹的理由。像這種王族，理所當然不會有人想見。

他忘不了自己會因為調查凱，而得知艾倫究竟有多討厭他們時，受到多大的打擊。

當賈迪爾回過神來，他已經吐露出自己的心聲。

「我們後來逐漸可以見面……上次好不容易有了可以單獨相見的機會，凱卻從頭到尾都待在艾倫身邊。」

「這樣啊。」

「你知道嗎！凱他總是牽著艾倫的手喔！這是什麼意思啊！既然是護衛，就給我劃清界線啊！」

回過神來，賈迪爾已經對著律爾大聲吼出持續累積下來的不滿。

剛才明明還在說悄悄話，現在圍在房間角落的護衛和近衛，甚至是羅雷都覺得無言以對。勒貝倒是「哎呀」了一聲，苦笑著。

「明明您也想碰觸她，為什麼卻只有他可以——您會這麼想很正常。我也想時時刻刻撫摸羅雷啊！」

「對吧！聽說近距離看艾倫的眼睛，會發現裡面美得就像沒見過的寶石。羅威爾閣下總是炫耀著，當他看到自己的身影映那雙瞳孔中，就會覺得很幸福……我好羨慕。」

最後，身懷詛咒這個無論如何都無法靠近的理由，成了他的枷鎖。

賈迪爾無法對這個成了王族罪責的證據說三道四。律爾也察覺了。

「殿下……您真的很了不起。我可是逃避了自己的責任。」

「律爾閣下……？」

「我只因為頭髮和眼睛跟族人不同，就放棄了一切。父王和母親從沒懷疑過跟他們一點也不相像的我，照樣愛我，我卻把王兄討厭我視為理所當然，接受了這件事。」

「……」

「我快被殺死的時候，就是羅雷跟提茲救了我。他們一直鼓勵著覺得事情變成這樣很理所當然的我……但我還是把身為王族的自己抹消，逃離了一切。」

律爾面對自己的過去說著。

「你雖然悲觀，卻沒有放棄。艾倫小姐說過，精靈一定會回應你的心意。精靈不會靠近討厭的人。她說他們會靠靈魂的本質，感受這個人對自己重不重要。」

「不……不會靠近……？」

那艾倫又如何呢？跟其他精靈相較之下，艾倫會跟王族有所牽扯。這也是賈迪爾剛才跟羅威爾說話時，發現的一件事。

他察覺當初他們要經營共同事業時，艾倫大可以拒絕共事，另請代理人處理。

而且艾倫還在次元不同的地方，每年聽著賈迪爾的祈禱。其實她根本沒有義務每年都聽

吧？

艾倫她始終沒有拒絕賈迪爾，反而面對著他。

賈迪爾終於發現這件事，他瞪大了雙眼，彷彿連眼界都跟著擴大。

「看您這個樣子，是發現到什麼了吧。」

律爾滿意地笑著，賈迪爾見狀，整張臉都紅到脖子去了。

第五十八話　殘酷的宣言

羅威爾回到精靈城後，急忙去找奧莉珍。

如果是以前，他會馬上轉移到奧莉珍身邊。但奧莉珍現在是重要的時期，他覺得不能嚇到她，所以最近都從城裡的大廳走到她的房間。

此時敏特正好在大廳，他看到羅威爾回來，急忙叫住他。

「晚點再說。」

「我不是有事要商量！是奧莉珍女王那邊現在……」

「奧莉，妳在嗎？」

羅威爾「碰」的一聲打開門，只見雙女神左右包圍奧莉珍，正在泡茶聊天。

明明是一幅和樂的光景，羅威爾卻忍不住皺眉。

「哎呀，妹婿回來啦。看來悄悄話只能說到這裡了。」

「他的表情極度嫌棄耶。呵呵呵，打擾嘍。」

羅威爾一看到笑嘻嘻的雙女神，就知道敏特為什麼要驚慌失措了。

「真沒想到……兩位姊姊，好久不見。」

見羅威爾滿面笑容，雙女神不禁竊笑。

「快看，他戴上面具了。還是老樣子。」

「真的一點也沒變耶。」

雙女神不斷笑著，羅威爾只好嘆氣。為什麼她們會在這麼絕妙的時間點出現呢？羅威爾驚覺這點，思緒停止了一瞬間。

「為什麼姊姊們會來這裡……？」

「哎呀哎呀，他發現了。真不愧是艾倫的爸爸。」

「就是呀。真是敏銳。」

「這是什麼意思？……奧莉？」

「親愛的……現在事情變得有點傷腦筋。」

「……妳們是說王室的詛咒嗎？」

「哎呀。」

「哎呀哎呀。」

「怎麼？不對嗎？」

看到雙女神依舊竊笑，羅威爾眯起了眼睛。奧莉珍一臉「我現在才知道」的驚訝表情，所以她所謂傷腦筋的事，或許跟王室的詛咒不同。

「能改變的人，果然只有艾倫一個了。」

「是呀。沒想到她連詛咒都有辦法影響。」

「……這是什麼意思？」

羅威爾從她們兩人說的話中嗅到了可疑的氣息，他的表情因此改變。既然跟艾倫有關，那他就不能置若罔聞。

「羅威爾，你想問的事情，是王室的詛咒吧？」

「但事情不只這樁吧？」

「是呀。」

雙女神持續笑著，羅威爾只有不祥的預感。

他非常在意艾倫是不是被捲進什麼事，因而焦躁不已。

沃爾察覺羅威爾心中的焦慮，笑著說：

「我先說說你想知道的事吧。王室的小少爺已經自行淨化詛咒了。多虧他跟艾倫打交道。」

「自行淨化詛咒？」

「詛咒原本是憎恨。但現在卻是悲傷的感情比較強烈。畢竟要是一直單方面恨人，也會覺得空虛。」

「那位國王隱瞞了自己的所作所為。甚至沒有留傳給後代子孫知道。詛咒的影響，只會讓他們無法跟精靈締結契約，所以當時那位國王才會試圖消除自己犯下的罪過，還有精靈詛咒的存在。大概是想自己背負罪孽吧……可是被遺忘的同胞們不容許他這麼做，所以他們留在此處，無法消失，並沿著血脈詛咒子孫。因為他們發現，這麼一來就能懲罰殺了他們的國王。」

這是汀巴爾王室詛咒的經過。關於那些東西為什麼一直留到今天的理由。

但為什麼跟艾倫打交道後，就幾乎快被淨化了呢？

沃爾看穿了羅威爾的這個想法，於是繼續說：

「因為他們接觸到艾倫後，得知王族詛咒的原因。」

「可是為什麼只有賈迪爾殿下一個人……」

「坐在王座的那個男人想要有效活用詛咒對吧？但那個小少爺不一樣。他只想跟艾倫說說話。」

華爾這麼說完，羅威爾便皺緊眉頭。看到他連血管都浮現，雙女神不禁傻眼，降下「真是心胸狹窄的男人」的評論。

「他誠摯地接納了為什麼不能和艾倫聊天的原因……甚至影響了沉浸在悲傷之中的詛咒。」

「怎麼會……就因為這樣？」

「這是因為同胞們已經忘記連子孫都要詛咒的理由了。以前艾倫不慎觸碰到詛咒的時候，他們因為接觸到女神的力量而覺醒。他們很悲傷、空虛……已經想獲得解脫，所以一直

在求救。艾倫正面承受了那份心情，也想讓同胞們解脫。可是她是個非常聰慧的孩子。她有身為精靈的立場，所以她將那份心情封閉在心中。」

「可是她的心情也傳遞給同胞了。透過那個小少爺。」

雙女神的話語令羅威爾愣在原地。艾倫對詛咒的影響，比他想像中還要劇烈。

長此以往，賈迪爾的詛咒將會被淨化。羅威爾的這個想法似乎是寫在臉上了，又或者是他的心思已被看穿，只見華爾滿意地笑了。

「你要替那個小少爺的靈魂施展結界喲。」

「……為什麼？」

「再這樣下去，那個小少爺會受不了周圍的詛咒。」

「什麼意思……？」

「你忘記詛咒會波及附近的精靈嗎？被淨化的同胞們會被拖進周遭的詛咒呀。」

「……所以就會影響到他？不就是王子的詛咒會消失而已嗎？」

「詛咒淨化的同時，小少爺的靈魂也不會平安無事。同胞們原本是一團魔素。而人類的靈魂也是以魔素組成的呀。」

羅威爾完全無言以對，洞悉一切的華爾見狀，這麼說：

「你辦得到吧？你不是為了以防萬一，已經替艾倫設下結界，保護著她了嗎？」

即使如此，羅威爾仍舊無法認同，他不得不這麼問：

「我有必要幫王子嗎？他們王族虐殺了精靈啊！」

但雙女神沒有回答這個問題，只是嘻嘻笑著。

這讓羅威爾心中留下了某種無法消化的東西不斷刺激著他。他沒能獲得雙女神的回答。

這代表那個答案是和未來有關的重要資訊，而羅威爾沒有知道的必要。

「……只要替王子一個人張設結界就行了嗎？」

「沒錯。因為其他人沒有淨化的徵兆。那個王子誠摯地接受了事實，所以要給他一點像樣的獎勵吧？」

「……這樣啊。」

雖然無法認同，也沒辦法。要是違逆女神決定的事，往後不知道會發生什麼事。而且既然知道艾倫牽扯其中，羅威爾就沒有理由拒絕。

他嘆了口氣，知道賈迪爾詛咒變化的原因後，打算就此畫下休止符。

他接著轉換心情，對奧莉珍拋出問題，迎接下一個話題。

「詛咒的事我已經懂了。那就換個話題吧……奧莉，妳說什麼事情傷腦筋？」

「哎呀，你不問我們嗎？」

雙女神持續嘻嘻笑著，奧莉珍從沙發上站起，來到羅威爾身旁。

他們兩人相擁，互給對方一個吻後，奧莉珍苦笑著說：

「是艾倫的事。姊姊們說有件事想請她去做。」

「……妳說什麼？」

羅威爾不解地反問，雙女神於是笑著說：

「這件事我們會直接告訴艾倫，所以沒關係。但那不重要，問題不在那裡。你到現在還不能放手，讓孩子獨立呀？」

「誰會讓妳們跟艾倫說到話……先別說這個，妳們連來到這裡，也要責備我離不開孩子嗎？我有什麼辦法？誰叫我的女兒可愛的不得了。」

羅威爾說得一副完全沒有在反省的模樣，這讓直到剛才始終笑容滿面的雙女神停止了笑意。

羅威爾和奧莉珍看了，都是一陣驚愕。因為她們的態度驟變，一股更勝剛才的不祥預感逐漸壯大。

「你要適可而止。艾倫是因為你，才無法成長的喲。」

「什……」

羅威爾不禁懷疑自己聽錯。因為他，艾倫才無法成長？

「艾倫的女神之力在覺醒的同時，能力的影響範圍也擴及以元素形成的生物細胞，非常廣泛。」

「她的力量原本應該會在身體成長為女神的同時覺醒。但她的力量卻先覺醒了，結果讓她在無意識之間，實現了她最愛的父親所說的話。」

「這……跟她的成長有什麼……」

關係——羅威爾正想這麼說，但華爾卻降下一道冰冷的聲音。

「你老是這麼對艾倫說吧？永遠保持這樣，小小的就好了，不要急著長大成人。」

「這……怎麼會……」

羅威爾瞬間感到腦袋的血逐漸被抽離。

奧莉珍察覺羅威爾臉色蒼白，溫柔地從背後抱住他。

艾倫現在的力量能將細胞活性化，可以輕鬆治好小傷。

假設她是為了實現羅威爾的願望，以跟成長相同的速度，一點一點對自己的細胞使用力量，下意識停止成長——

羅威爾想起艾倫停止成長的時期，幾乎就是女神之力覺醒的時期，不禁開始盜汗。

艾倫在十二歲之前，只要長大一點，就會興沖沖跟他報告。羅威爾這才想起，定罪艾莉雅之後，他就沒聽過那道喜悅的聲音了。

「在女神之力覺醒前，就已經出現影響了。所以一旦力量使用過度，艾倫才會陷入危急的情況。你知道這是為什麼嗎？」

羅威爾鐵青著臉搖頭。他不想知道，他根本不想知道這些。

「因為容器太小，無法承受那股力量。照理來說，她的身形現在應該會更大一點才對。」

雙女神的言語像一根刺一樣，刺入羅威爾心坎。她們接著更面無表情拋出這席話：

「要是她的成長就這樣停滯，艾倫會因為承受不了女神之力消失。」

「艾倫會因你而死。」

雙女神殘酷的宣言刺入胸口，讓羅威爾痛得一陣暈眩。

＊

結束和律爾以及眾人的談話後，艾倫早羅威爾一步被遣回精靈城。

但當她一回到城內，就被大精靈們包圍，帶到城裡的某個房間，讓她不禁瞪大了眼睛。

「你……你們怎麼啦？」

「公主殿下，請您到這裡來……」

大精靈們沒有說出理由，感覺一臉緊張，警戒著四周。而且周圍還設了結界。這讓艾倫很擔心，不知道是不是發生了不好的事。

「媽媽呢？她還好嗎？發生什麼事了？」

艾倫不得不擔心懷孕中的奧莉珍是不是發生什麼不好的事了。

她在困惑之中，詢問身邊的水之大精靈。

「請您放心，奧莉珍女王沒有任何問題。只是現在有客人來了。」

「有客人？」

「是的。」

「……那我一定要躲著嗎？」

難道不能被客人看到嗎？不對，說不定是不能去打擾他們——艾倫抱著這個想法，乖乖坐在房間內的沙發上。

被當成一種妨礙，艾倫不禁悲從中來，她覺得有些失落，就這麼低下頭。

羅威爾好像還沒回到城內。艾倫剛才會同近衛長與索沃爾，討論律爾提供的情報。負責照顧王族的羅威爾隨後也會跟他們會合，然後進行協商。

事已至此，艾倫已經不能再參與會談了。

希望艾倫在場的人，是身為國王的拉比西耶爾。所以她不能擅自參與拉比西耶爾不在的場合。

索沃爾說以後會把詳情告訴她，所以太陽下山就被趕回來了。

「…………」

她知道這樣理所當然，但她沒想到光是拉比西耶爾和羅威爾不在，竟會讓她如此委屈，而且回來還要再嚐一遍。

是因為她的外表稚嫩，所以不能參與大人的談話嗎？

不對，她現在的確就是小孩子，這也沒辦法——艾倫這麼想，嘆了口氣。無論過了多久，都不會成長的身體。她以前覺得既然是精靈，那也沒辦法，可是這幾年……自從她聽說自己覺醒成女神之後，身高就完全不再長高了。

「公主殿下……」

艾倫失落的模樣，讓一旁的大精靈們提心吊膽。從他們的模樣來來看，艾倫知道他們絕非把自己排除在外，於是露出苦笑。

「放心吧，對不起，我在想事情。」

「這樣啊。」

「要不要喝點什麼……」

「還是要吃東西呢？」

大精靈們接二連三提議，都想好好呵護艾倫，因此艾倫拜託他們讓她獨處，還說如果沒人叫她，她都不會離開房間。

艾倫有很多需要思考的事。海格納王和艾米爾、艾齊兒的計謀，還有律爾的未來。律爾和羅雷對汀巴爾國來說，將會成為殺手鐧。羅雷對海格納而言，等同國家象徵，沒有別人比牠更強而有力了。

因為拉比西耶爾昏倒，艾倫才錯過說話的時機，但她不想再把精靈捲入人類的紛爭當中了。

她也很擔心留在汀巴爾城的律爾。雖說他提出幫忙的要求，但擺明了就是人質。

艾倫想要明天拜託羅威爾想辦法，但既然拉比西耶爾被詛咒波及，或許有一個星期都無法會面。

「…………唉。」

不管怎麼思考，現在也都只能待命。

一旦開戰，羅威爾和索沃爾勢必會站上前線。既然已經被捧為這個國家的英雄，人民的期待也相對很大。

（……等等。）

好像哪裡怪怪的。

艾米爾和艾齊兒的計謀。她們的目標是羅威爾。可是到底要怎麼把身為英雄的羅威爾……？

（她們要怎麼對付爸爸呢？）

想到這裡，艾倫想起拉比西耶爾說過的話。

『不能把妳放在身邊，倒是有點寂寞。』

（王室的詛咒是能讓精靈魔法無效的武器……）

所以她們才會跟鄰國聯手，背叛本國嗎？

海格納讓艾米爾她們活下來的理由，會是這個嗎？

既然已經想了這麼多，她明白現在辦法只有一個。但當她還在懷疑這個想法的瞬間，她

的身旁突然傳來這樣的聲音：

「沒錯喲，艾倫。再這樣下去，會演變成不好的事情。」

「……咦？」

艾倫坐著的沙發旁，突然出現一名豐滿的美女。那副初次見面的面容，和母親非常相似。

美女舉止優雅地撩起那頭金髮，隨即開始自我介紹：

「艾倫，我一直好想見到妳。我是沃爾喲。」

「我是華爾喲。」

當艾倫直盯著眼前的沃爾，卻被背後傳來的聲音嚇到，讓她又回過頭。

只見後方有個長相一樣的銀髮美女。當她回過神來，才發現自己被兩名美女左右包圍。

「是媽媽的……唔咕！」

「啊～～艾倫！我好想見妳喲！」

「怎麼這麼可愛！跟小時候的奧莉珍一模一樣嘛——！」

當艾倫被巨大的乳溝夾住，幾乎喘不過氣時，現場傳來敏特大叫「到此為止！」的聲音。

「真是一點都大意不得！你們幾個，快去叫羅威爾大人過來！」

「好、好的！」

「哎呀，被發現了。」

「討厭啦，聒噪的人又要變多了。」

雙女神不滿地發牢騷，艾倫都看傻了眼。

「好……好難受……」

「啊啊！真是對不起。」

她們兩人不約而同，不假思索地放開艾倫，她才終於可以喘口氣。

「呃……那大家說的客人……」

「我跟妳說，他們的意思是我們不請自來喲～因為大家都在躲我們～」

「呵呵呵，他們把艾倫藏起來也沒用。因為我們全都看得見喲。能把艾倫藏起來的人，只有直接接受奧莉珍的力量的羅威爾喲～」

雙女神「呵呵呵呵」地笑著，房裡的大精靈全都臉色發青。

艾倫這才發現，大精靈們是為了不讓雙女神找到自己，才會把她藏起來。

「呃……幸會，我是媽媽的女兒，艾倫。」

「呀～～！」

「唔咕！」

兩人直呼可愛，就把艾倫夾住。

當艾倫再度被埋在乳溝中，這次她聽見羅威爾的聲音。

「還不快給我放開艾倫！」

「爸爸！」

艾倫伸出手，索求羅威爾的幫助。但他們一對上視線，羅威爾便一臉僵硬。

「啊……」

「……爸爸？」

羅威爾本想抓住艾倫的手，卻遲疑了。他的手在發抖。

艾倫見狀，訝異地愣在原地。她在困惑之中，再度呼喚羅威爾一回，沒想到他的表情卻因為悲痛而扭曲。

「爸爸……？」

羅威爾按捺住伸向艾倫的手，然後握拳，擋住自己的臉。

「……抱歉，稍微讓我一個人靜一靜。」

見羅威爾轉移消失，艾倫不假思索就要追上去。

「艾倫，不行喲。」

華爾卻溫柔地抓住她的肩膀，阻止她離開。華爾的聲音已經沒了剛才那種開朗。

「你們都先迴避吧。」

沃爾一聲令下，房間內的大精靈便同時消失了。

艾倫搞不懂出了什麼事。只能頂著一臉不安，仰望雙女神。

「艾倫，我們有很重要的話要告訴妳。」

「這件事跟羅威爾也有關。妳聽完之後，再去找他吧。」

「……怎麼了嗎？」

「我們已經告訴羅威爾了。所以他才會怪怪的。不過那件事跟我們接下來要說的事不一樣啦。我們先挑重點說吧。」

「…………」

「艾倫，妳剛才發現了吧？」

「發現那個王族背叛祖國，到底想幹些什麼了吧？」

「啊……」

那是艾倫剛才在思考的事情。鄰國到底想怎麼針對羅威爾。

「再這樣下去，羅威爾很危險。所以我們有事要拜託妳。」

「這……怎麼會……」

「羅威爾變成導火線，而妳要作出決斷。必須要做出決斷。妳發現這件事了吧？」

「……唔！」

艾倫渾身發抖，呼吸也漸趨急促。沒錯，她剛才發現了艾米爾的計謀。

如果她跟拉比西耶爾一樣，想利用詛咒之力，讓羅威爾無力化——

沃爾看穿艾倫這般想法，開口說：

「現在只有那兩個女人的詛咒變質成跟其他人不一樣的詛咒了。而羅威爾擋不下那股力量。」

「怎麼會……！」

「她們扭曲的想法，給詛咒帶來了影響。就像其他人會有其他影響，意念會左右詛咒。以前之所以沒事，是因為他們完全不知道精靈的詛咒這回事。」

「意念……？」

「那女人的女兒得知詛咒之力，然後告訴鄰國的國王，說可以藉此封住羅威爾的力量。所以鄰國的國王有必要確認她說的話是否屬實。為了證明這點，她才把自己當誘餌，引誘羅威爾出現。」

「不管會不會發生戰爭，不管她會不會被殺，一切都會如鄰國的國王所想。」

「一旦羅威爾被抓……之後會發生什麼事，妳都明白吧？」

華爾說完，艾倫忍著眼眶的淚水，點了點頭。

要是變成那樣，艾倫就必須做出決斷，將人類視為「敵人」。

而精靈們會把凡克萊福特的人們也視為敵人。

「嗚……」

淚水一顆一顆從艾倫臉上落下，沃爾輕輕將其拭去。

「艾倫，妳不要哭。我們也不希望事情變成那樣。」

大精靈們到現在尚未原諒人類虐殺精靈一事，幾乎都很討厭人類。

而和人類締結契約的精靈們就像剛出生的嬰孩一樣，懂的不多。

他們只憑著好奇心，就和人類締結契約。有許多精靈都是締結契約後，才萌發自我。

之前說服大精靈們的人，是羅威爾、艾倫和奧莉珍。

這次大精靈們本就因為海格納盯上艾倫，變成一顆氣到幾乎快炸開的子彈。

要是羅威爾被抓，就等於扣下了扳機。

更有甚者，一旦羅威爾出事，也等同惹怒了萬物女王奧莉珍。

「這件事有辦法解決嗎……？」

「能辦到這件事的人，只有艾倫妳喲。」

「咦……？」

「艾倫，我們要拜託妳。這件事只有不會把人類和精靈放在天秤上衡量的妳才做得到。」

「羅威爾在重生成半精靈的時候，就已經做出決斷了。所以他辦不到。」

在聽取雙女神的吩咐之前，艾倫反射性嚥了一口唾液。

她的身體不斷發出顫抖，但她始終握著拳，彷彿與之對抗一般忍耐著。

「我知道了，請妳們說吧。」

既然只有自己辦得到，也只好去做了。

這時艾倫腦中浮現凡克萊福特家所有擔心自己的人的臉龐。接著拉比西耶爾和賈迪爾的臉龐也出現了。

同為王室之人，拉比西耶爾卻改變角度，想將詛咒化為武器。

賈迪爾卻憐憫詛咒，真誠地接納自己和精靈的相處方式。他們對精靈的想法竟有這麼大的差異。

如果精靈和人類為敵，有誰會傷心難過呢？

應該是和精靈感情很好的休姆、卡爾吧，賈迪爾或許也會難過。

此時艾倫腦中掠過賈迪爾以非常慈愛的眼神，看著黝簾石精靈的表情。

知道賈迪爾真摯地看待精靈的人，其實不只詛咒。

艾倫下定決心，定睛看著前方。沃爾和華爾看了，以有些悲傷的表情，微笑向她道謝。

*

羅威爾獨自在精靈城最上層的露台看著遠方。

當他知道自己害得艾倫長不大時，大受打擊。箇中原因竟是自己宛如詛咒一般掛在嘴上的話。

羅威爾壓根兒沒有那個意思，但艾倫很善良，已經在無意識之間實現他的願望。

「艾倫……」

羅威爾用雙手蓋住臉，就這麼蹲下。

他在魔物風暴時，放棄了自己的人生。他覺得自己永遠也抓不到幸福。

當時只有在一旁守護他的奧莉珍是他唯一的救贖。

當他覺得已經別無他法，要釋放出自己所有的力量前，他對著身旁的奧莉珍說：「希望妳能原諒我放開妳的手。」

他到現在還記得自己被強光籠罩，原本抓著的手就像逐漸鬆開那樣，慢慢沒了感覺。

那是他解放過去所有執著的感受，也是失去奧莉珍這個唯一而產生的恐懼。

那樣的感覺只在一瞬之間，當他接著醒來，就看到淚流滿面的奧莉珍。

羅威爾茫然地想著自己為何還活著，但奧莉珍卻是一邊道歉，一邊緊抓著自己不放。羅威爾看她那樣子，決定寬恕一切，選擇將人生託付給精靈。

後來時光荏苒，人類和精靈之間本不會生出孩子，艾倫卻彷彿祝福著他們一樣，誕生在世上。

「艾倫……」

要是艾倫因為自己沒出息而消失——

萬一事情變成那樣，羅威爾一定無法承受。

「～……嗚！」

當羅威爾咬緊牙關，他的背部突然傳出一陣衝擊。

「呃？」

他望向背後，一探究竟，沒想到艾倫竟緊緊黏在他的背上。

「艾、艾倫……」

「對付爸爸你～～……就要用這招！」

艾倫說完，不斷搔著羅威爾的背部和腰際，羅威爾只能窩囊地發出慘叫。

「嘿嘿嘿！」

「艾、艾倫！不、不行！快住手……！」

「你投降，我就住手～」

「投降！我投降就是了！」

「很～好！」

羅威爾整個人趴在地板上，不停喘著氣，而艾倫則是睥睨著羅威爾，鼻子呼出一口大氣，露出勝利的笑容。

「……艾倫……」

「我居然無意識實現了爸爸的願望，那真～的不是我願意的。所以我以後不會再客氣，會一口氣長大！」

艾倫就像宣示一樣，氣勢十足地說著。羅威爾卻睜大了雙眼。

「爸爸，能當你的女兒，我很幸福。」
她帶著滿面的笑容這麼說，並緊抱羅威爾。
「～～……嗚！」
羅威爾的臉扭曲成一團。他抱緊寶貝女兒，懷著心中滿溢的情感道歉賠罪。
「艾倫，謝謝妳出生來到世間。謝謝妳來當我的女兒……」
「不會。謝謝你當我的爸爸。」
見艾倫笑得有些難為情，羅威爾彷彿獲得寬恕，也跟著笑了。

第五十九話　潛入與告白

當賈迪爾接獲拉比西耶爾已經清醒的消息，馬上趕到他的身邊。

拉比西耶爾看起來身體還很沉重，臉色顯示出他因高燒有些昏沉。他呼喚賈迪爾來到床前。

「陛下，您身體怎麼樣？」

「我啊……不，先別管我，你沒事嗎？」

「是的，我已經沒有大礙了。」

「這樣啊，那就好……我應該短時間沒辦法下床了……」

拉比西耶爾一邊抵抗著頭痛，一邊試圖坐起上半身，但似乎對抗不了那股疼痛。他發出一絲呻吟，臉色非常蒼白。賈迪爾見狀，急忙制止他，要他別勉強自己。

「……你聽到報告了嗎？」

「是的。」

「你能行動嗎？」

「請交給我去辦。」

「那傢伙看到是我們直接過去接人，再笨也知道，一回來會被處刑。艾米爾勾結敵人，殺害先王。」

「是的。」

「你不必留情。」

「是。」

賈迪爾堅定地點頭。他早有覺悟。

艾米爾與敵人聯手，置汀巴爾王國人民於險境，已犯下大罪。

既然身為王室之人，就絕不能做出這種勾當。

賈迪爾自從出生的瞬間，便接受了身為王族的教育。拉比西耶爾之所以利用所有能用的東西，而且不擇手段，都是為了他一肩挑起的人民。

這次艾米爾背叛，代表她跟想滅絕汀巴爾王族的海格納不謀而合。

所以他們不可能饒恕自私自利，還大肆嘲笑人的艾米爾。

賈迪爾明白一旦有了婦人之仁，他們就會把必須守護的人民留在世上，獨自迎向死亡。

「我知道你心裡惱怒。因為艾米爾交為了交涉，把羅威爾和艾倫交給海格納王了。」

「……是的。」

為了保全自己，她交出了艾倫。拉比西耶爾還說，她想必是要求羅威爾當她的報酬。否則艾米爾根本沒有讓海格納王看上的價值。

賈迪爾的怒氣清晰可見，拉比西耶爾於是輕笑。那不合時宜的笑聲，就這麼突破賈迪爾的心防。

「剛才羅威爾來了。他說詛咒說不定會在你這一代結束。證據就是，詛咒對你較無影響。」

「呃……」

賈迪爾驚訝地睜大雙眼。他的腦袋一片空白。如果詛咒會結束，那他是不是就能待在艾倫身邊了呢？一想到這裡，喜悅便湧上心頭。

「不過，或許只有你一個人。」

「……這是什麼意思？」

「我也不知道該從何判斷。我已經決定要用這份詛咒對付精靈魔法師了。你也知道這件事吧？」

「當然。」

「不對，你應該是這麼想的——想待在艾倫身邊。」

「這、我……！」

「我有發現你的心意。是我咬定艾倫心地善良，就算對方身懷詛咒，也不會鐵石心腸……但我沒想到會有這種效果。」

見陛下輕笑，賈迪爾是一片混亂。

「這是……什麼意思？」

「我是想要求你不要忘記王室的尊嚴，不過如果事關艾倫，你就照自己的意思行動吧。」

拉比西耶爾這句話讓賈迪爾訝異不已。

「羅威爾說他不會帶著艾倫去迎接艾米爾，但我猜艾倫會自己跑去吧。因為她愛著自己的家人。」

「為什麼艾倫……」

「你記得艾齊嗎？」

「姑母……我只聽人提起過。」

「因為會對你帶來不好的影響，就不讓你見面嗎……你看到她就會知道了……真的讓人很煩躁。」

拉比西耶爾一臉懷念地笑道，隨後眼神漸漸透露出一股能以悲傷形容的感情。

「是我跟先王把她養育成那樣的。我知道她性格扭曲，但以前的我只覺得有趣。我樂觀地認為，她遲早會自動萌生身為王族的尊嚴。」

陛下喃喃說著，他對不起羅威爾。

「你要保護艾倫。不管發生什麼事都要保護她。」

「當然。」

「是嗎？那我會期待你的表現。」

「是！」

賈迪爾行了一禮後，離開房間。

拉比西耶爾目送著他的背影，悄聲說道：

「拜託了，你一定要平安回來……」

拉比西耶爾這才覺得——原來比起身為一國之王，他更是一個人父。

*

幾天後，迎接艾米爾的部隊，在賈迪爾的指揮下組成。索沃爾也在其中。為了幫忙部隊轉移，羅威爾也帶著幾名大精靈親臨現場。

開完作戰會議後，賈迪爾代表王室，向羅威爾和大精靈們低頭致意。

「感謝各位鼎力相助。」

「…………」

大精靈們雖沒有回答，卻不像以前那樣，只想遠離賈迪爾。

對賈迪爾來說，光是這樣就令人開心了。

「各就各位！接下來開始行動！」

「是！」

羅威爾和大精靈們看著賈迪爾，內心驚訝不已。

他們此刻看得很清楚，賈迪爾的行動和意念對詛咒產生了影響。

（羅威爾大人，那個人……可不能讓他跟接下來要接回來的王族見面啊。）

（果真是這樣嗎……比我想的還要快。）

大精靈的念話傳進羅威爾腦中，他只能苦笑。

在轉移前，羅威爾替賈迪爾設下了結界，以便保護他的靈魂。

（可是……總覺得有股不祥的預感。）

羅威爾覺得自己似乎忘了什麼，因此轉動思緒，卻解不開卡在腦袋一隅的某種東西。

他並未發現雙女神正守望著他，就這樣和眾人一起往前邁進。

＊

行動當天，羅威爾要求艾倫待在凡克萊福特的宅邸，而不是精靈城。

他認定艾倫會用城裡的水鏡觀看一切，所以故意支開她。

畢竟他們即將前往的地方是就要引爆戰爭的地點，一定兩三下就演變成廝殺場面。看到人們輕易死去，艾倫不可能還能保持冷靜。

以前拉菲莉亞遇險，艾倫曾經因此過度換氣。
羅威爾也說服了奧莉珍，並命令凡要時刻盯著艾倫。
艾倫深知羅威爾的用心，所以只能點頭答應。
「怎麼辦……」
可是艾倫腦海裡想的，都是雙女神說過的話。
明明知道重要的家人被盯上了，她沒想到自己竟然什麼事都做不了。
艾倫散發出陰鬱的氣氛。她一臉不滿到了極點，感覺似乎在忍著什麼，旁人也不可能沒注意到。
但羅威爾硬是把艾倫帶來凡克萊福特家的宅邸，甚至嚴格要求伊莎貝拉和凱要時時刻刻盯著艾倫。
伊莎貝拉從旁摸了摸艾倫的頭，並抱緊艾倫。因為她從沉默不語的艾倫身上，清楚感覺到艾倫擔心羅威爾他們的心情已經滿溢。
「艾倫，等待很痛苦吧？不過我們只能等待喔。」
「奶奶……」
「魔物風暴的時候，就算我做好心理準備了，等待巴爾沃爾和羅威爾的那段期間，還是很難受。最後回來的是身體冷冰冰的丈夫。兒子還瀕死無法回來……就算世人吹捧他是英雄，我一樣高興不起來。我才不需要那種名份，只想要丈夫和兒子回來，成天哭個不停。」

巴爾沃爾是羅威爾的父親，也是凡克萊福特家前任當家的名字。
伊莎貝拉想起當時的事，抱著艾倫微微顫抖。
害怕或許會失去羅威爾的人，不只艾倫一人。
艾倫不禁緊緊回抱伊莎貝拉。伊莎貝拉察覺艾倫的貼心後，開心地笑了。
「而且把丈夫、兒子逼上前線的可恨女人還嫁過來，真的是遭透了。可是後來這些一下子就變了。沒想到兒子會帶著孫女回來！」
伊莎貝拉多用了一些力氣抱緊艾倫。她高興得不得了的心情表露無遺，惹得艾倫心一陣癢。
「艾倫，我知道妳擔心羅威爾。可是羅威爾還有我們也很擔心妳。妳看到人們互相鬥爭然後死亡這樣的危險場面，不可能保持冷靜。所以妳就體諒羅威爾的用心吧。」
「好……」
艾倫好想告訴伊莎貝拉事情並非如此。她多想大叫她最愛的父親有危險。
可是她不知道該怎麼脫離這個地方。沒了水鏡，她也無法得知另一邊的情形。要是弄個不好，事情或許就無法挽回了。
要是撇下生性溫柔的伊莎貝拉他們回城，凱和凡就會受到處分。
羅威爾熟知艾倫的弱點，他採取的這個行動精準到讓艾倫覺得不甘心。
艾倫陷入沉思後，就會沉默不語。看她低頭不說話，旁人實在看不下去，極力想討好

她，卻全被拒絕了。

「就讓她靜一靜吧。」

伊莎貝拉這聲體貼，讓艾倫終於能鬆口氣。但放鬆過後，焦慮很快又變成了惱怒。看到艾倫的態度如此變化，連凱都很驚訝。

為了尋找能轉移艾倫的注意力的東西，伊莎貝拉離開了房間。房間裡只剩艾倫、凡還有凱。

凱恪守羅威爾的吩咐，下定決心說什麼都不會讓自己的視線離開艾倫。

現場沒有人開口說話。這時候，凡突然發出「嗯」的聲音。

在靜謐的房間內，這道聲音帶來了偌大的變化。彷彿所有人都在等待能轉移焦點的時刻到來。

在氣氛已經改變的房間內，凡皺緊眉頭。

他們立刻看出凡正和某個人用念話對話。艾倫不禁困惑地歪頭。

「公主殿下，非常抱歉。吾要離席片刻。凱，你陪著公主殿下。」

「那當然。呃……你怎麼突然要走？」

「奧莉珍女王要召見吾。好像有事情要交代。吾過去一下。」

艾倫目送說完這句話便消失的凡，嘴裡喃喃說著：「媽媽叫他？」

這讓艾倫以為事態惡化，臉色一下子變得很難看。

「艾倫小姐，艾倫小姐。」

她過了一會兒才察覺凱在叫她，因此看向凱。為了安撫臉色蒼白的艾倫，凱屈膝跪在坐在沙發上的艾倫前方。

即使跪在坐著的艾倫面前，凱的身高較高，因此視線高度幾乎沒有改變。凱撫摸著艾倫的頭，讓她泫然欲泣。

被人這麼困在這裡，讓她不禁潸然淚下。

「再這樣下去……爸爸……」

「羅威爾大人會發生什麼事嗎？」

「我得過去。可是我該怎麼辦……」

艾倫現在的模樣，就像被枷鎖束縛在這個地方。

凱長時間待在艾倫身邊看著她，瞬間就看出了這點。束縛著艾倫的枷鎖，就是他自己。

「艾倫小姐，難道您是顧慮到我……？」

「……」

艾倫沒有否定。不對，她應該是不知道該說些什麼。看艾倫一臉為難，凱的內心也跟著難受。

他們父子老是為難艾倫。不過凱馬上就知道該怎麼幫助艾倫了。

「艾倫小姐，請您別再顧慮我了。我分明想幫上您的忙，我不希望最後結果竟是這樣。」

「呃……啊……」

「請您說說您想做的事吧。我的主人的確是羅威爾大人，但我想為了您行動。」

「凱……」

凱提出的要求幾乎讓艾倫感動落淚。可是她不能讓這麼溫柔的凱被處分，她的理性如此告訴她。

凱看艾倫又不知道該怎麼辦，不禁笑著說：

「羅威爾大人嚴格命令我，視線不准離開您。您不覺得其實只要您待在我的視線範圍內就好了嗎？」

「咦？……啊。」

「所以您要動身的時候，也請帶著我。」

凱燦爛地笑道，艾倫的眼睛卻瞪得大大的。聽到這種根本是投機的手段，艾倫不禁笑了，覺得這樣根本不像凱。

「因為我一直在一旁看著您。這不是您最拿手的嗎？」

「討厭！凱真是壞心眼！」

凱嘻嘻笑道，艾倫則是氣得鼓起腮幫子。直到剛才為止的沉重氣氛，瞬間就消散了。艾倫知道凱在幫她，於是道了聲歉。

但凱為什麼要對她這麼好呢？

就算是感念她的恩情而做到這種地步，艾倫又覺得好像哪裡不對，因此她不禁問道：

「凱，謝謝你。可是你為什麼要為我做這麼多？」

「咦……」

艾倫這道不拐彎抹角的疑問，殺得凱措手不及。他的臉一口氣脹紅。

看他那樣子，艾倫也訝異地睜大雙眼。

「啊……那個……」

「……」

氣氛好像變得很奇怪。

艾倫感覺到不太對勁，反射性就要跑。

「請您等等。」

手卻馬上被凱抓住。艾倫在驚訝之中看著眼前的凱，只見他一臉認真。

他的表情顯示他已經下定決心。

「因為喜歡。我喜歡您。」

「……咦？」

面對凱這句突如其來的話語，艾倫一陣喑啞，只是驚訝地睜大眼睛。

這一瞬間，艾倫就像辨明過往那些異樣感的真面目一樣，腦中傳出拼圖嵌合的聲音。

明明被人告白，艾倫卻一臉「總算弄清楚過往那些費解之事」的表情，讓凱不禁苦笑。

「我打從一開始就知道，您沒有把我當成那種對象看待。可是我已經無法隱瞞了。如果能幫上您的忙，那正合我意。」

艾倫的腦袋因為凱說出的話，變得前所未有空白，所以才會一愣一愣地說出下面這句話：

「我還以為……你喜歡的是拉菲莉亞……」

「咦！」

「啊。」

「……請問您怎麼會這麼想？」

凱的笑容釋放出一股威壓，艾倫不禁臉色發青。

但艾倫也有認定凱喜歡拉菲莉亞的根據。

「因為……你老是跟拉菲莉亞鬥嘴……」

「是啊，的確如此。」

「因為拉菲莉亞她……呃，就是……另外有在意的對象不是嗎？所以我才覺得……你是想吸引她的注意……」

艾倫越說越小聲，凱卻傷透了腦筋。

之前為了爭奪艾倫，他們進行了模擬戰，結果卻因此產生了盛大的誤會。

「那……那個……」

艾倫本想道歉，凱卻直接蓋過她的聲音，說他不想聽。

凱知道艾倫從頭到尾對他都沒意思，但既然艾倫有這麼大的誤會，想必是完全沒想過凱的心其實向著她吧。

凱此時萌生了一個想法，他才不要對方連考慮的時間都沒有，就甩掉自己。

「艾倫小姐，可以請您把我列入考慮嗎？」

「…………」

「拜託，請您……」

正當凱還要繼續拜託艾倫考慮，艾倫已經先笑著說了聲「對不起」，蓋過他。

她的笑容看起來很悲傷，彷彿下一秒就會落淚。

「看到我的身體，你應該懂吧？」

「艾倫小姐……」

「我們時間流逝的速度不一樣。我是精靈喔。」

「這種事……我……」

「真的不行。我不能跟你在一起。因為我既是精靈，也是女神啊。我總有一天必須時時刻刻待在精靈界。那裡是充滿魔素的世界。人類無法在那裡生活。」

「……」

「我的能力比原本預料的還要早覺醒。考慮到這件事帶來的影響，我也註定必須暫時待在那裡。所以……對不起……」

「待在那裡……？怎麼會……您上次不是還說不會分離嗎！」

如果自己會成為戰爭的火種，艾倫原本決定就此回到精靈界，不再來到人界。

但凡克萊福特家的人看穿這點，並說服她，她也和大家約好會留下，現在卻又要走，這讓凱非常焦急。

「因為後來知道，我的成長速度慢，會變成一個大問題。我之所以好幾次發燒昏倒，都是因為這樣……」

「怎……怎麼會……」

「為了讓力量穩定下來，女神要我暫時待在精靈界。所以……對不起了。」

無論凱的心願能否實現，他和艾倫橫豎都不能在一起。知道這點後，凱一臉鐵青。

但他馬上抬起頭，對艾倫這麼說：

「……那麼在那天到來之前，請讓我陪伴在您的身邊。」

「凱……」

「拜託您。」

見凱低頭請求，艾倫泫然欲泣地笑著說：

「我才要麻煩你，謝謝你了。」

「艾倫小姐……」

凱看著艾倫的笑容，覺得非常耀眼。

凱筆直看著艾倫，疼惜地握緊她的手。他們有好一陣子互看著彼此，隨後便逐漸冷靜下來了。

過去這段時間，艾倫從沒自覺有人喜歡自己，但剛才凱告白了。隨著時間過去，她慢慢萌生自覺，臉頰也隨之染上一抹紅暈。

被人盯著看，實在很害羞，凱於是首先別開視線，然後輕笑一聲。

他們之間的氣氛非常柔和。明明遭到拒絕，但凱別說記恨，更展現了包容一切的溫柔氣度。

有人喜歡自己，應該純粹感到開心，但一想到自己拒絕了對方，心頭就被一股罪惡感占據。

但理性告訴她，這是無可奈何的事。就算接受他的心意，近期也會很快迎接離別。

「公主殿下，讓您久等……」

此時凡突然返回，當他們兩人察覺凡的氣息而抬起頭來，發現凡正面無表情地看著他們。

他的視線落在凱和艾倫互相牽著的手上。他的眼睛緩緩瞇起，湧現心頭的怒氣也隨之增加。

「小子……你該不會趁吾不在的時候，對公主殿下做了……」

聽到凡這道低沉的嗓音，艾倫急忙解釋：

「沒、沒有啦！凱只是在鼓勵我而已！」

「……是這樣嗎？」

艾倫點頭如搗蒜，凡看了，也勉為其難接受。當凱悄聲呢喃為什麼不信任他後，凡卻嗤之以鼻。

「因為吾對你的想法是瞭如指掌。」

「咦……」

「你沒發現締結契約之後，雙方的靈魂就容易互通有無嗎？不過呢，吾才不會那麼蠢，讓你洞悉吾的心聲。」

「呃……咦？」

精靈與人締結契約時，是受到對方靈魂的內涵吸引。雙方之所以會透過締結契約，衍生出穩固的牽絆，是因為構成靈魂的魔素經由契約連結在一起。

契約者能透過相連的靈魂，獲得精靈的力量，同時也會被對方強烈的感情拉走，進而受到影響。換句話說，契約者的心思會傳給精靈。

「你很明顯就是對公主殿下別有心思。要是你不顧現在是什麼情況，就對公主殿下亂來，吾可饒不了……」

「哇啊啊啊啊！」

凱大叫「別說了！」就上前阻止凡，很難得看到他如此慌張。

凡也因此被嚇到耳朵和尾巴都冒出來，而且看凱臉紅慌張的模樣，連艾倫也被傳染，因此臉紅。

敏銳的凡察覺，瞬間釋出殺氣。

「小子……」

「不不不不是啦！」

凡發出威嚇的吼聲。艾倫發覺再這樣下去不妙，於是拉著凡的袖子，問他「媽媽說了什麼？」藉此轉移話題。

凡因此回過神來，急忙以慎重的態度面對艾倫。艾倫立刻明白他有要事報告。凡在瞬間轉換姿態的態度，讓她不自覺緊張。

凡改變態度，讓凱在鬆了一口氣的同時，也重新調整自己的心緒。

「奧莉珍女王把這個交給吾了，她也把羅威爾大人的位置告訴吾了。」

「咦！」

凡的手中拿著一枚轉移了水鏡部分力量的手鏡。只要有了這個，就能看到羅威爾的身影，也能知道他的所在地。

原先艾倫不知道羅威爾的位置，所以也無法趕過去或是進行轉移，但此時卻有了一線希

望，不禁令她泫然欲泣。

「媽媽……！」

「奧莉珍女王說要把一切交給您。城裡的人也在原地待命。一旦發生事情，他們都會趕過去。女王很懊悔自己現在無法親自行動……」

「媽媽現在是很重要的時期喔。這件事是我這個爸爸的女兒，同時也是身為女神的任務。所以媽媽，妳別想太多。」

當艾倫對著手裡的手鏡這麼說，鏡面就像流水一般擺動。另一端隨即出現好似隨時都會哭出來的奧莉珍的身影。

『艾倫……』

「媽媽，真的很謝謝妳！這樣我就能過去那邊了！」

『對不起，我只能做到這麼多……我很擔心羅威爾，但我也擔心妳呀……』

重要的家人被捲入可怕之事，從環繞在奧莉珍周遭的魔素判斷，可以看出不穩定的徵兆。艾倫明白這一點，堅定地說聲「放心吧」，好讓奧莉珍提起勇氣。

「媽媽，妳放心吧。因為大家都會陪著我啊。」

『艾倫……』

「像那種自私自利、平白無故介入別人家庭的小人……」

看我用全力擊垮！艾倫握拳這麼宣示。

奧莉珍大概是覺得內心踏實許多，露出微微一笑。艾倫正以下一任女神的身分，受到雙女神的考驗。正因為她知道這件事，所以就算奧莉珍今天沒有懷孕，也一樣無法行動。

『妳可不能勉強自己喲。』

「不，我要使盡全力！」

艾倫替自己打氣後，說了聲再見，便切斷與奧莉珍連結的水鏡。只要有了這個，就能得知羅威爾那邊的情況。

知道城裡的人也為了以防萬一待命，艾倫突然幹勁十足。

艾倫回想著雙女神說過的話，然後深呼吸。

她瞥了凡和凱一眼，他們兩人也點頭表示已經做好心理準備，同時也示意艾倫進行下一步。艾倫因此獲得了勇氣，帶著接下來不知道會面臨何種光景的覺悟，正面上前挑戰。

「要走了！」

艾倫面對手鏡，在心中想著羅威爾。

第六十話　詛咒失控

羅威爾一行人轉移到目的地後，見到眼前的光景，不禁瞠目結舌。目標所在的地方，應該是個被森林環繞，視野不良的場所，但這一帶如今充滿詛咒，可以清楚看到目標的存在。那團黑色霧靄恐怕是以艾齊兒她們為中心，遍布在這一帶。

面對這幅宛如森林受到詛咒的異樣光景，羅威爾和大精靈都皺緊眉頭。

「這是精靈的詛咒嗎？」

「應該是詛咒對依附的靈魂產生影響了。既然變成這副模樣，那個人還是不是人類，已經很難說了。」

其中一名大精靈悄聲說著。羅威爾詢問大精靈是怎麼回事，那名大精靈於是瞥了一眼在遠處的賈迪爾，以他為例解釋。

「吾等確實對人類國王施了法術，讓他不得好死。後來同胞的遺憾與憤怒混入法術之中，形成詛咒，依附在那名人類身上。吾等無法詛咒人類的世代子孫。那是變成詛咒的同胞所為。」

「以意念淨化……我先前還不太能理解，但原來是這樣。」

位在稍遠處的賈迪爾大概是聽到羅威爾和大精靈的對話，所以主動靠了過來。

「詛咒……怎麼了嗎？」

賈迪爾身上也有精靈的詛咒。雖然他聽拉比西耶爾說，或許能獲得解脫，但如果只有他一個人，那也不算什麼開心事。

如果能解開詛咒，賈迪爾多麼希望他的手足們也能如此。

此刻即使賈迪爾靠近，精靈們也沒有逃走。賈迪爾在驚訝的同時，還是保持了一點距離說話。

如果是平常，大精靈們別說不靠近汀巴爾王族，甚至會一臉嫌棄地瞪著他們。

大精靈見前幾天讓他們清楚看到詛咒變化的賈迪爾，慎重地保持距離，回答了他的問題。

「詛咒之子啊，就算你看不見，也感覺得出來這座森林的異樣吧？」

「……是的。」

「殿下？」

護衛們感覺不到這座森林的異樣。只覺得羅威爾和大精靈們一臉嫌棄地看著森林。

不過他們好歹有感覺到身為主人的賈迪爾臉色難看，還因此不解地蹙眉。

賈迪爾知道自己臉色不對這件事穿幫，顯得有些慌亂。明明是來替親人善後，要是眾人有所顧忌，因此拖累大家，那就傷腦筋了。

「我不是怕接下來要進入敵陣中心。該怎麼說呢……我感覺到這座森林散發出一股很討厭的氣息。」

「殿下看不見，卻感覺得到。無論形式如何，您還是與精靈相連。」

羅威爾接著說出的這句話，令護衛們更疑惑了。

「羅威爾閣下……這是什麼意思？」

「因為艾齊兒公主她們的詛咒增幅了啦。我們無法靠近受詛咒之人的範圍甚至遍及整座森林。看起來……就像漩渦一樣。」

「你說什麼！」

他們有聽說精靈們無法靠近受詛咒之人。但現場最大的戰力，就是羅威爾和大精靈。如果他們無法靠近，等於戰力被削減。護衛們一想到此處，都不知如何是好。

事已至此，他們需要重新制定戰略。索沃爾也這麼認為，正準備集合眾人，羅威爾卻阻止他。

「我會替精靈們張設結界，所以不會有問題。不過殿下，您也不能靠近。」

「為什麼！」

賈迪爾以為自己礙手礙腳，急著大喊。

「艾米爾是我的親人，也是王族。身為立於人民之上的人，我不能原諒姑母她們的行徑！所以我才會來這裡！」

從古至今，王族之人犯下罪責，也會由王族負責制裁。

因此海格納才會想親手肅清系出同源的汀巴爾。

「殿下，請您安靜。」

羅威爾伸出食指，抵在嘴前。他的態度不疾不徐，沒有一點焦急的模樣。

不自覺大吼的賈迪爾，則是老實地小聲道歉。

當他詢問羅威爾是否要換個地方，羅威爾卻說不用。反正有事情的話，精靈會告訴他。

或許是受到自始至終冷靜的羅威爾壓迫，賈迪爾對焦急的自己感到可恥。

而一旁看著賈迪爾的大精靈不知道內心產生了什麼變化，竟開口說明賈迪爾不能靠近的理由。

「無論形式如何，汝都和精靈連結在一起。要是和汝相連的精靈被詛咒吸引，汝也不會安然無恙。」

「什……」

賈迪爾因為這件事實啞口無言，在他後方的護衛也臉色大變。

「殿下，請先在這裡待機吧！」

護衛們急迫的模樣，差點迫使賈迪爾乖乖聽話，但他沒有屈服，還是尋找著有沒有什麼辦法可行。接著他像是想到了什麼，整個人挨近羅威爾。

「羅威爾閣下，請你也替我設下結界！」

既然羅威爾能保護精靈，應該也可以保護自己——賈迪爾如此請求。

羅威爾聽了，瞇起眼睛，一臉厭棄。賈迪爾因此稍稍受到打擊，但現在也只剩下這個方法，他因此拚死懇求。

羅威爾大概是拗不過他，嘆了口氣後，心不甘情不願地坦白：

「反正不管怎麼樣，我都打算替您設下結界。」

「咦？」

「畢竟詛咒濃度高成這樣，對周圍的人類也很危險。」

大精靈這麼一說，四周的人們瞬間聞之色變。羅威爾以眼角餘光看著他們，在嘆息之中開口：

「殿下，您知道魔物風暴為何會發生嗎？」

「什……什麼……？不，我不知道詳細的原理。不過陛下說過，貝倫杜爾在兩百年前抓走掌管某個職責的精靈，才害得災害發生……」

羅威爾突然改變話題，讓賈迪爾困惑不已，但他還是乖乖回答。因為本能告訴他，這件事或許很重要。

「我想也是。那我解釋一下，與精靈締結契約後就能使用的魔法，其力量的來源，我們稱之為魔素。精靈是從女神手上獲得那股恩惠之力的存在。其實所有的一切都是由魔素組成的。無論植物、動物還是人類都一樣。這個世界充滿魔素這種力量，而魔素會像血液一樣循環。要是魔素阻塞停滯，就會為了尋找出路而膨脹，然後引發爆炸。這就是被稱為魔物風暴的現象。」

原理就跟洪水一樣。更有甚者，當魔素集中在一個地方，濃度會變得非常高，世上所有生物都會受到影響。

「動物們被魔素波及，就會成為魔物。人類也是一樣。被送到魔物風暴最前線的人，之所以幾乎都是精靈魔法師，是因為締結契約之後，蒙受女神的恩惠，對魔素有某種程度的抗性。」

所有人都仔細聽著羅威爾解釋。他們雖然不至於因為這席話，就把魔素這種力量跟詛咒聯想在一起，但任誰都知道，在這種緊張的場面下，羅威爾不會說些無關緊要的話。

「魔素是萬物之始。那麼我剛才說精靈的力量又是什麼？其實你們就是被那股力量給詛咒了。」

面對羅威爾這道打哈哈般的提問，賈迪爾想通之後，不禁臉色發青。

「是魔素……」

「沒有錯。而人類也是魔素組成。所以會受到影響。換句話說，詛咒的影響就是魔素的影響。現在這股以詛咒為名的魔素之力，已經增幅成會對人類產生影響……」

「難道……這裡會……」

「要是放著不管，艾齊兒公主她們會在這個地方誘發魔物風暴。」

汀巴爾的人們聽完羅威爾拋出的意外之言後，都非常清楚箇中意義，無一不是鐵青著一張臉。

直到剛才為止，他們還覺得這裡只是一座平凡無奇的普通森林，現在卻瞬間成了可怕的東西。

而且只要仔細觀察，就會發現這裡沒有風，也完全感受不到住在森林裡的動物氣息。

「只要改變看事情的角度，你們就會發現這座森林很異常了吧？」

羅威爾就像洞悉了所有人的心聲，以沒有感情的聲調說著。

「敏感的動物們應該已經跑了，不過請你們行動的時候，要考慮到可能有一些動物已經變成魔物了。精靈們最容易受到影響，所以我會讓他們退到後方。」

「我……我知道了。」

賈迪爾發出藏不住心中動搖的聲音。不過他的表情只有緊張的情緒，並沒有恐懼退縮的模樣。他心中反而浮現一種決心，就這樣盯著森林。

羅威爾因此有些訝異。然後他忽然發現一件事。

羅威爾經歷魔物風暴的年紀，和賈迪爾現在相差無幾。

（但我當時卻放棄了一切……）

他自嘲似地一笑置之，然後像是要撥開什麼東西，舉起右手揮舞。隨後，他身上發出光芒，光芒集中在一點後，被天空吸收。接著所有呆楞仰望天空的人頭上，突然降下了一抹光芒。

「怎……怎麼了……？」

「我張設了結界。但請不要太過相信結界的效用。」

羅威爾向精靈下達退到後方的命令後，催促賈迪爾繼續往前。

「現在要往……」

「不用看地圖了吧。我來帶路。」

羅威爾站到前頭，帶頭進入森林。賈迪爾急忙追上，並問：

「你知道地點嗎？」

「對……因為我聽到叫聲了。」

「什麼……？」

其他人也豎起耳朵傾聽，但都說什麼也沒聽到。

「是詛咒的聲音啦。小女被殿下您碰到，就受到那道聲音侵襲。殿下您就算現在聽不見，也曾經聽過幾次吧？」

「……是啊。」

賈迪爾一臉苦澀，咬緊嘴唇。正因為聽到了那道聲音，賈迪爾才會對精靈產生興趣。隨著時日累積，甚至被艾倫吸引。

「只要靠近詛咒，精靈就會聽見聲音。然後被這道聲音束縛，進而吞沒。」

羅威爾毫無窒礙地策動腳步往前走，所有人也匆忙跟在後頭。

＊

有人偷偷跟在羅威爾後頭。

凱和艾倫坐在獸化的凡的背上，現在飄在空中。為了避免發出腳步聲，他們從上空搜尋羅威爾等人，並保持著一定的距離。

「感……感覺好像會被發現，卻沒有被發現耶……！」

「真是緊張刺激啊。」

艾倫和凡膽戰心驚地說著。正因為他們知道，一被發現就會挨罵，也就更坐立難安。

「凡，你有辦法靠近詛咒嗎？」

「吾沒問題喔。貼身侍奉奧莉珍女王的精靈們，幫吾設下了嚴密的結界。」

「真不愧是媽媽！」

大概是雙女神要她這麼做的吧。製造手鏡的人想必也是她們。

有洞悉一切的華爾先下手為強幫助艾倫，讓她感到非常心安。

「走吧！」

艾倫一行人先走一步，往前確認像漩渦一樣不斷迴旋的詛咒的元凶。

＊

她從幾年前開始，就一直覺得耳鳴。

明明已經跟海格納王聯手，拯救被隔離的母親，逃到海格納領了，結果卻只得到一處亡命用的棲身之所。

「這是怎麼回事？我的羅威爾大人在哪裡！」

見母親始終如一的模樣，她開心地這麼說：「馬上就能見到他了，母親。」

艾米爾利用「羅威爾大人就要來接您了」這句話，引誘母親，將她帶出來，還用藏在身上的小刀刺殺追出來的祖父。

刀子很小，所以祖父當時一息尚存，是海格納派來當她護衛的騎士，永遠停止了祖父的呼吸。

即使祖父在眼前中劍倒地，艾米爾依然心平氣和地看著。直到現在，每當她想起祖父一愣一愣地看著自己，還是忍不住笑意。

騎士當時讚賞了艾米爾的行動。而她只覺理所當然地接受，並說：

「這是當然的，因為原本該坐上王位的人是父親。因為這個老不死，父親才會不慎前往精靈界。他是拆散我們一家人的元凶，死了才痛快。」

騎士臉上戴著面具，看不到他的表情，不過他一定是點頭同意。

從這個時候開始，她的耳鳴就越變越嚴重了。

母親不習慣旅居生活，心中累積了越來越多焦慮，所以不斷吃東西發洩。

母親會鞭責海格納派來的女僕為樂，艾米爾也會站在她身後笑。

她們始終過著在馬車中不動的生活，母親的體型於是慢慢變得比記憶中的她還要臃腫。

雖然身形改變了，她卻終於能和母親一起生活。而且很快的，父親也會過來。以後他們會回到原本的生活。她如此相信，並寬慰母親。

她的耳鳴不曾停止，不知不覺間，甚至變得很像人聲。

她有時會和那道聲音搭上線，然後感覺到一股可恨與煩躁在胸中盤旋，引發自己不再是自己的錯覺。

然後當她回過神來，她才發現自己哈哈大笑。海格納的人們看到這樣的她，都是一臉恐懼。

儘管海格納的人們會遠離自己，依舊很照顧她們，只是完全不會正眼看她們。雙方只會有最基本的言語交流。她覺得這樣很好，然而當她像母親那樣，對著那些人們發洩自己心中無法壓抑的焦躁，這樣的行為也就越演越烈。

她完全無法理解，為什麼她們非得被趕到這種森林當中。

那些人身為家臣，閉上嘴默默遵從她們這些王族的吩咐，就是他們的工作。

身為人臣，理所當然要將她們捧在高位，可是那個凡克萊福特家卻定了身為公主的母親的罪。

陛下這個舅父竟還拆散她們柔弱的母女，宣稱為了世間，要讓她接受王室教育。他知道他這個行為有多麼可恨嗎？

當他們知道王族的詛咒時，只要讓已經半精靈化的父親和母親結合，一切就能輕鬆解決，他們為什麼就是不懂？

每當她聽見周遭的人在憎恨和汙衊母親的同時，也責備、訕笑自己，她就會在心中吶喊，總有一天要殺光他們所有人。

而她平時聽見的那道聲音，曾幾何時，已經和她的心聲重疊在一起了。

「早知道就不生妳了！」

「母……母親……？」

但此刻母親的吼叫，卻不知道為什麼，竟是對著她。

＊

艾倫他們來到再也無法靠近的距離後，開始尋找詛咒的元凶，也就是艾齊兒母女。

「嗚嗚……詛咒……」

艾倫聽見細微的救命聲繚繞在耳旁，不禁摀住兩耳。凡覺得擔心，因此出聲詢問：

「公主殿下，您還好嗎？」

「到底在哪裡啊……」

「艾倫小姐，有人從那個角落的帳篷走出來了……！」

「咦？」

逃也似地衝出來的人，是個全身包在斗篷之下的嬌小人物。遠遠看，只知道大概是個孩子。

「難道是艾米爾？」

接著一名臃腫的人跟著追出來。那人手裡正拿著鞭子。

「咦！」

不知道是不是詛咒的效果，還是增幅的結果，一道低沉的音色響徹周遭。

「太可恨了！就因為我比那女人還早生下妳，就被認定不忠在前，遭到定罪！要是沒有妳，被定罪的就是那個男的了！」

「呀！」

鞭子「啪」的一聲往下揮，艾倫因此微微發出尖叫。坐在後方的凱急忙摟著艾倫的肩，單手蓋著艾倫的眼睛，不讓她看見。

接著「啪啪」的低沉聲響迴盪在四周。

當聲音停止，艾倫心有餘悸地拿開凱的手。

「真是殘忍……」

「為……什麼？那不是她的女兒嗎……？」

見艾倫一臉難解，凱告訴她，艾齊兒就是這樣的人。

在凡克萊福特時，艾齊兒也像那樣，每天折磨周遭的女僕。

羅威爾、索沃爾，還有伊莎貝拉之所以厭惡艾齊兒，原因就在這裡。

「艾齊兒公主會若無其事命令別人殺人。」

「什麼！」

「在凡克萊福特家，有索沃爾大人庇護，會讓女僕們休息。不過聽說她在城裡的時候，非常無法無天。」

艾倫臉色發青，已經無法言語，凱接著又說：

「是您把我們從那種地獄當中解救出來的。」

聽完凱面無表情的說明，艾倫不禁泫然欲泣，整張臉都皺在一起。

這一瞬間，現場的氣氛改變了。

盤旋在現場的詛咒突然靜止不動了。

「……咦？」

「怎、怎麼了……」

艾倫和凡因為這異樣的光景，而環伺周遭。

他們有一股不祥的預感。這時候，下方傳來一道音色與詛咒相同，像回音一樣的聲音。

『連母親……也要否定我嗎？』

嘰——接著是一陣耳鳴。艾倫和凡因此發出尖叫。

「您、您怎麼了！」

凱看不見詛咒。見艾倫和凡突然身體不適，不禁慌了手腳。

「凡！請你快點離開這裡！」

「遵……遵命！」

凡急忙離開現場，這時候，在艾米爾剛才身處的地方，可以看到詛咒突然變成一道龍捲風，往天空延伸。

「呀！」

「請您抓緊了！」

「唔……！」

狂風迴旋，就要襲向艾倫他們，不過凡操縱了風，最後平安無事。

他們迅速遠離，從遠處看著龍捲風，這時艾倫察覺了。

「魔物……風暴……」

原來以「風暴」為名的理由，就在這裡。

＊

氣氛突然改變了。

羅威爾和大精靈們都敏感地察覺。此時索沃爾從後頭詢問羅威爾「走這條路是否正確」，羅威爾卻嗤之以鼻。

「沒錯啦。情況變成這樣，人類應該無法行動了。」

索沃爾這才發現，若無其事說出這句話的羅威爾不太對勁。他的表情缺少了感情。

羅威爾這副表情，跟以前在宅邸時，總是掛在臉上的表情一模一樣。

「大……大哥……？」

索沃爾許久未見到羅威爾面無表情，不禁冒汗。

「現在我總算明白雙女神說的話了……怎會如此卑劣。」

索沃爾原本還想問羅威爾是指什麼，但那一瞬間，眼前的草突然「沙沙」作響。

所有人同時握住劍柄，壓低了姿勢。

「……是人類嗎？」

當羅威爾訝異竟還有人能行動時，下一秒，草叢一分為二，出現了一名身心俱疲的男

人。

他拚死拚活逃了出來，被雜草勾住腳步後，便踉蹌倒地。

「噫……救……救命……」

他極力伸出手，想抓住羅威爾他們這根救命稻草。那副模樣，讓所有人都驚訝地看著。

男人身上縈繞著黑色的霧靄。仔細一看，有許多黑色的小手從那霧靄當中伸出來，抓著男人的衣服。

所有人看到那東西的瞬間，渾身毛骨悚然，一口氣遠離男人，並拔劍指著他。男人見狀，大概是心生絕望，眼淚從他的眼裡一顆一顆往下掉。

「救救我吧！不要不要不要！我不想死！」

黑色的霧靄彷彿受到男人的聲音驅動，逐漸包住他的身體。見到這般宛如把人生吞的光景，現場沒有人能出聲。

「你才不會死。你也會變成我們這些王族的一部分耶。很光榮吧？」

一道女人的竊笑聲從倒地男人的後方傳來。

賈迪爾對那道聲音有印象，一愣一愣地看向聲音傳來的方向。

當一張女人的臉從霧靄當中浮現的瞬間，所有人都忍不住從喉頭湧現的哀號，就這麼響徹周遭。

「艾米爾！」

「哎呀……天哪……您總算來了……」

艾米爾忽略賈迪爾的呼喚，直盯著羅威爾，開心地叫了聲：「父親。」

賈迪爾無法相信眼前這幅駭人的光景。與表妹一同度過的光景掠過腦海，最後化為痛楚，剜著他的心頭。

他原本還擔心艾米爾的安危，當他聽拉比西耶爾說出預測時，還一度懷疑自己聽錯。

但當現實不斷應證他得到的情報，艾米爾的背叛讓他的困惑變成了悲傷。

他想問她「為什麼」，但他的腦袋深處已經有個聲音，告訴他眼前的光景就是真的。

「艾米爾……！」

賈迪爾一呼喊，羅威爾便急忙上前。

「殿下，請退後！」

艾米爾釋放出的詛咒波動，讓羅威爾的臉色顯得非常難看。比起詛咒的影響，周遭的人更因為目睹艾米爾的模樣而臉色發青。

艾米爾的身體包覆在黑色霧靄之中。原以為那是一陣濃霧，但仔細一看才發現，霧中有無數小手蠢動，看起來就像在尋求救贖那樣地往外伸。

在場所有人親眼看到詛咒，臉上表情都是忍著想吐的衝動。羅威爾腦裡的警鐘，已經響得令他頭痛了。

「父親……」

艾米爾的雙眼非常混濁。結膜黑得彷彿被黑暗包覆，角膜更是染上了血色。她就用那雙眼睛，捕捉到羅威爾的身影。

「我說過了，我不是妳父親。」

羅威爾冷淡地回應，但很明顯的，他的內心早已氣得大罵「妳開什麼玩笑」。

賈迪爾從拉比西耶爾口中聽過，艾齊兒過去對羅威爾做了些什麼。

羅威爾長年忍受艾齊兒的行徑，賈迪爾覺得當年他站上魔物風暴前線時的背影，就跟現在一模一樣。

艾米爾可能成為魔物風暴的源頭。如今羅威爾又站上了前線。

賈迪爾握緊拳頭。王室從以前到現在，始終理所當然地把麻煩事推給眼前這道背影。要是只能被他護在身後，那和以前根本沒什麼兩樣。

「羅威爾閣下，請讓我來。」

賈迪爾已經決心要改變。也有人說他有改變的可能。

現在躲在英雄背後接受庇護，任誰都做得到。

如果他擁有用來改變某種事物的可能性，那他就必須改變給他們看。

「殿下？」

他的身體很神奇地並未顫抖。賈迪爾抓著羅威爾的肩，希望他讓開。

羅威爾似乎從賈迪爾的模樣感覺到什麼，雖然皺著眉頭，還是稍稍退開，讓出空間。而賈迪爾只是盯著艾米爾。

「艾米爾，這就是妳的期望嗎？」

「……賈迪爾，你為什麼會在這裡？」

「妳想說妳不知道我為什麼會在這裡？」

「……這樣啊，也對。沒錯。」

艾米爾動作慵懶，就這麼看著賈迪爾，然後不懷好意地笑道：

「因為我一直很想殺了你們。」

因為艾米爾這句話，一瞬間改變了賈迪爾的護衛們原本畏縮的姿態。

他們想起自己原本的任務，握著劍柄的同時，將艾米爾視為敵人怒瞪。賈迪爾於是舉起單手制止，接著往下說：

「妳就這麼……恨我們嗎？」

「是啊。」

「為什麼會這麼……」

艾米爾察覺賈迪爾心中的憐憫，瞬間激動大喊：

「你問為什麼！你們奪走我的一切，說這是什麼鬼話！」

「奪走？」

「你們奪走母親、父親，還有我的尊嚴！」

賈迪爾等人聽了，不禁蹙眉。

「妳不懂……姑母為何會受到裁決嗎？」

「裁決！你們的確是裁決了！可是母親身為王族，明明只是做了理所當然的事！」

「妳說『當然』？妳不知道她揮霍無度，受苦的是誰嗎！」

「誰受苦？不管是誰，為我們犧牲奉獻都是理所當然！」

「妳說什麼！」

賈迪爾對艾米爾的主張怒不可遏。他握緊拳頭忍耐，艾米爾卻嗤之以鼻。

「照理來說，母親應該會跟父親結合。你們卻來阻撓，後來還硬是把母親推給那個男的！」

艾米爾看見索沃爾，憤恨地說著。

「你懂母親的痛苦嗎？她只是想紓解痛苦，才會花錢啊。但那會是人民的動力啊。只要買東西，人民不就能增加工作嗎？」

「那也該有個限度啊！妳們花錢的方式太不正常了！」

「我們是王族，這樣理所當然吧！但你們卻要定母親的罪，讓我們母女分離，還把母親關起來！」

說到此處，艾米爾以打從心底厭惡的表情看著賈迪爾。

「你們加諸在我身上的善意實在令人作嘔！」

「什麼……？」

「什麼改過自新？不能變得跟母親一樣？這到底是什麼鬼話！」

「艾米爾……？」

「母親身為王族，明明只是做了理所當然的事，你們卻把我的母親……把父親奪走……你們對我來說，才是十惡不赦的人！可恨至極！」

怒氣引爆了纏繞在艾米爾身上的霧靄，一口氣開始擴散。

羅威爾驚覺不妙，用念話命令精靈們迴避，同時做出指示，要其他人也退下。

「妳們放任人民受苦，說這什麼話……」

「受苦？他們有什麼好苦的？人民的工作就是對我們言聽計從。不景仰我們的人，死了很正常吧？」

「妳說什麼……」

「沒錯，死了很正常。因為我們不需要那些人。你們把我們趕走，我們也一樣不需要你們。」

艾米爾的主張讓所有人啞口無言。

「妳就因為這種理由……讓人民暴露在危險之中嗎？」

「危險？我只是在處分不需要的東西罷了。海格納王也說他不需要啊。沒錯，他們都是

多餘的。」

艾米爾一邊竊笑，一邊接著說：

「只要一族直系死了，詛咒說不定就能解除了啊。再加上父親和母親結合，詛咒一定會解除。因為父親受到精靈的認可嘛。你們為什麼就是不懂啊？」

聽完艾米爾的話，索沃爾反射性認為她說的絕對不可能。考慮到奧莉珍，汀巴爾國反而會確實毀滅。

羅威爾表露出完全無法遮掩的厭惡，這麼嘟囔：

「真的很像……像到令人作嘔。」

不只外表，連想法、說話方式都跟艾齊兒一個樣。

自私自利，顧不得其他人事物。說得一副理所當然，而且毫不客氣。

「對了！我們把賈迪爾的首級獻給海格納王吧，父親！這麼一來，您就能成為海格納國的英雄了！」

艾米爾以一副想到好主意的模樣說著，話才剛說完，天空某處便傳來一股令人心生畏懼的憤怒波動。

（……！）

羅威爾不禁渾身毛骨悚然。

他分心思考著怒氣究竟從何而來，反應因此慢了一步。

「父親，跟艾米爾一起走吧。母親也在等著我們。」

面對一口氣獲得解放的詛咒波動，羅威爾急忙張開結界。

「先撤退！」

艾米爾對著羅威爾伸出霧靄，卻因為被結界阻擋，顯得很不悅。她強勢地讓波動不斷碰撞結界，就像發洩自己的不悅一樣。

這股衝擊令羅威爾瞪大雙眼。他瞬間理解到事情不妙。

「動作快！」

接著結界產生裂痕。

這意料之外的情勢，讓羅威爾給了對方可乘之機。但在所有人撤離之前，他都不能後退。

啪——現場傳出某種東西破裂的聲響。

衝擊順著裂痕傳導，霧靄隨之一口氣入侵。

羅威爾只能眼睜睜看著黑暗逼近眼前。

後記

非常感謝大家購買第七集！

一下子就來到第七集了。我想是這麼想，不過本集進入海格納篇，我覺得感觸良多，想說總算來到這裡了～！

大概是因為從我在網路上連載開始算起，經過了很長一段時間，我才會這麼想吧。（來到這裡花了四年……）

本集海格納篇的登場人物扉頁，也讓我感到很興奮。不知道大家是不是已經看過了？雙女神！總算！登場了！

美得讓人不禁嘆息。Keepout老師，謝謝您總是提供這麼棒的圖。

先閱讀後記的讀者，請務必要去看看扉頁插圖的背面。

雙女神的形像有參考的模特兒，這點有先告知老師，但沒想到還能想像「這部分……！」實在非常開心。

內文插圖雙女神登場的場景，讓我忍不住大笑。敏特真悲哀……（笑）

此外，本作在網路連載時，於海格納篇的途中便停止更新了，但這次在本書發售前，已經順利完結了。讓各位讀者久等了。

感謝許多人祝賀我，也慰勞我。

我能順利連載完畢，都要多虧大家。聽到有人跟我說，他對加筆的書籍跟網路版有一樣的期待，真的給了我很大的鼓勵。

這次為了編纂成書，我也更動了許多場面，更改故事走向，在半途加入活動，增加登場人物，總之想了很多要變更的點子，然後加寫，非常地開心。請各位務必跟網路版做比較。

承續上一集，這次也購買了本作的人們、在網路上替我加油的各位。

給了我諸多照顧的責編K大人、M大人、校對大人、封面設計大人，以及業務I大人。

在百忙之中替我繪製插圖的keepout大人。

感謝在網路連載結束時，送我祝賀插圖的負責漫畫化的大堀ユタカ大人，還有SQUARE ENIX的責編W大人。

支持、鼓勵著我的朋友們、哥哥姊姊們、親戚們。平時謝謝你們了！

我打從心底希望我們下一集還能再相見。謝謝大家！

Silent Witch 沉默魔女的祕密 1 待續

Kadokawa Fantastic Novels

作者：依空まつり　插畫：藤実なんな

「這本輕小說真厲害！2022」單行本部門第2名
極度怕生的最強魔女充滿反差萌♥

「沉默魔女」莫妮卡·艾瓦雷特是世上唯一的無詠唱魔術師，曾獨自擊退傳說的黑龍！其實她的本性怕生到無法在人前開口!?她卻獲選為「七賢人」，還被硬塞了護衛第二王子的極祕任務？有社交恐懼症的天才魔女，展開痛快無比的奇幻冒險劇！

NT$220/HK$73

打工吧！魔王大人 1~21（完）

Kadokawa Fantastic Novels

作者：和ヶ原聡司　插畫：029

日本2021年宣布製作第二季電視動畫！
打工魔王的庶民派奇幻故事大結局!!

魔王與勇者一行人前往天界挑戰神明的滅神之戰最後將會如何發展!?勇敢追愛的千穗可否獲得幸福!?優柔寡斷的真奧到底情歸何處!?這群來自異世界的人能否繼續在日本安身立命過著安穩的生活呢!?平民風格的奇幻故事，將迎來感動的結局！

各 **NT$200~300／HK$55~100**

新說 狼與辛香料

狼與羊皮紙 1~6 待續

Kadokawa Fantastic Novels

作者：支倉凍砂　插畫：文倉 十

寇爾與繆里組成只屬於他們倆的騎士團！
第一個任務竟是調查來自冥界的幽靈船!?

寇爾與繆里組成只屬於他們倆的騎士團。這時，海蘭託他們前去調查小麥的主要產地——拉波涅爾。當地有個駭人的傳聞，懷疑前任領主諾德斯通與惡魔作了交易。同時，有人想請寇爾這「黎明樞機」協助尋找新大陸，以期解決王國與教會之爭——？

各 **NT$220~280/HK$70~93**

狼與辛香料 1~22 待續

Kadokawa Fantastic Novels

作者：支倉凍砂　插畫：文倉 十

赫蘿與羅倫斯的旅程後續第五彈！
巧遇故人艾莉莎卻委託他們調查魔山祕密!?

前旅行商人羅倫斯與賢狼赫蘿再度踏上旅途。他們遇見了老友艾莉莎，並受她所託去調查一座魔山，挖掘「鍊金術師與墮天使」的祕密？另外羅倫斯還以商人直覺拯救小鎮脫離還債地獄；而赫蘿的女兒繆里和矢志投身聖職的青年寇爾卻傳出舉辦婚禮？

各 **NT$180~250/HK$50~83**

國家圖書館出版品預行編目資料

轉生後的我成了英雄爸爸和精靈媽媽的女兒/松浦作；楊采儒譯. -- 初版. -- 臺北市：臺灣角川股份有限公司, 2022.01-
冊；　公分. -- (Kadokawa fantastic novels)
譯自：　父は英雄、母は精霊、娘の私は転生者。
ISBN 978-626-321-114-8(第5冊：平裝). --
ISBN 978-626-321-524-5(第6冊：平裝). --
ISBN 978-626-321-525-2(第7冊：平裝)

861.57　　110019017

Kadokawa
Fantastic
Novels

轉生後的我成了英雄爸爸和精靈媽媽的女兒 7

（原著名：父は英雄、母は精霊、娘の私は転生者。7）

2022年6月27日　初版第1刷發行

作　者：松浦
插　畫：keepout
譯　者：楊采儒

發行人：岩崎剛人
總編輯：蔡佩芬
編　輯：黎夢萍
美術設計：宋芳茹
印　務：李明修（主任）、張加恩（主任）、張凱棋

發行所：台灣角川股份有限公司
地　址：104台北市中山區松江路223號3樓
電　話：（02）2515-3000
傳　真：（02）2515-0033
網　址：www.kadokawa.com.tw
劃撥帳戶：台灣角川股份有限公司
劃撥帳號：19487412
法律顧問：有澤法律事務所
製　版：尚騰印刷事業有限公司
ISBN：978-626-321-525-2